TIBÈRE
ET MARJORIE

Régis Jauffret

TIBÈRE ET MARJORIE

ROMAN

Éditions du Seuil

TEXTE INTÉGRAL

ISBN 978-2-7578-2503-7
(ISBN 978-2-02-102250-6, 1re publication)

Le soleil ne s'était pas montré ce jour-là. Le soir tombait, la pluie faisait du bruit sur la tente du Père Tranquille, café des Halles, un quartier de Paris, vieille ville européenne que certains habitants du sud des États-Unis confondent parfois avec Paris Texas.

Quand il est arrivé, elle a rompu.

– Je veux faire un break.

Elle tenait une tasse dans sa main. Le thé ne reflétait rien, même pas le rouge des convecteurs qui chauffaient la terrasse.

– Il faut que tu disparaisses.

Elle laissait tomber son regard. Elle avait peur de ses yeux d'homme grands ouverts. Des pupilles comme deux points noirs dans des iris presque beiges.

– Tu comprends, je n'y comprends rien. Je ne t'aime plus, et puis en même temps, je t'aime trop.

– Depuis quand ?

– Je ne me souviens pas.

Il a soufflé. Il l'aurait dispersée volontiers si elle avait été une poignée de plumes.

Le serveur lui a demandé de garer son sac de voyage qui encombrait l'allée.

– Vous voulez boire quelque chose ?

– Non.

Le sac n'a pas bougé. En s'éloignant le serveur lui a donné un coup de pied.

Elle a commencé à pleurer. Sa cigarette a grésillé d'avoir été atteinte par une larme.

– Va-t'en. Moi, je t'aime trop pour te quitter. Quand on aime trop, c'est comme une cuite. On ne tient plus debout, on ne peut même pas s'enfuir.

Leur histoire rampait depuis plusieurs mois. Un serpent gris, qui les suivait quand ils montaient l'escalier. Ils n'avaient pas le temps de claquer la porte, il se coulait dans l'appartement. Ils le voyaient se dérouler dans l'évier quand ils dînaient à la cuisine. Dans la chambre, il leur tirait la langue au moment où ils s'apprêtaient à ne pas faire l'amour. Au salon, il s'enroulait autour de l'écran de la télé. Il barrait l'image, coupant une actrice, un chanteur dont il étouffait la voix qui semblait soudain prisonnière d'une boîte capitonnée. Ils tournaient la tête l'un vers l'autre, ils savaient.

Ils voyaient qu'il n'y aurait bientôt plus de rails, qu'ils se fracasseraient dans le tunnel dont ils apercevaient au loin l'orée ocre comme le désert. Elle avait préféré sauter en marche.

– Tu as sauté.

Elle ne l'a pas entendu, et d'ailleurs il n'avait rien dit.

Elle essayait de remonter le temps.

– Tu te souviens de l'aéroport ?

– Pour une veille de week-end, il n'y avait personne.

Il avait passé quatre jours à Chicago dans la tiédeur d'une salle de conférences de l'hôtel Sheraton. L'avion avait atterri à seize heures trente. Elle l'avait appelé pour qu'il vienne la retrouver dans ce café. Ils auraient pu pourtant se rencontrer boulevard Raspail où ils vivaient ensemble depuis cent vingt-cinq mois.

– Tu te souviens de Roissy quand on est partis ensemble pour la première fois ?

Il n'avait pas envie de laisser sa mémoire remonter jusqu'à l'apogée de leur amour qu'ils avaient atteint dès le premier jour. Ils n'avaient fait ensuite que perdre de l'altitude.

– Quand Karl Lagerfeld nous a pris en photo comme un paparazzi avant de filer dans le salon des premières classes ?

Il ne voulait pas se remémorer le bonheur. La plaie

ouverte, il ne voulait pas la recouvrir de sel. Elle n'aurait pas pour autant fondu comme de la neige.

– C'était bien, l'océan Indien.

– On va rentrer.

– Je préfère que tu ne viennes plus jamais à la maison.

Il n'était pas vraiment pingre, mais il a sursauté quand même.

– L'appartement est à moi.

– Je voudrais le garder en souvenir.

On déposait l'amour au fond d'un shaker, on lui rajoutait une dose d'immobilier, une rasade d'électroménager, un compte joint en guise de cerise confite, et on le noyait dans un quotidien sirupeux parfois doux comme la grenadine et parfois âcre, amer, ce qui est tout de même étrange pour un sirop. En guise de glaçons, on pouvait aussi jeter dans le cocktail deux ou trois enfants, filles ou garçons, de nos jours les parents ne sont pas sexistes. Les deux protagonistes comme des cuillères enfoncées jusqu'au cou qui touillent désespérément par peur de l'immobilité, du silence, du calme plat qui ferait du shaker un puits.

– Il faudra quand même que je passe prendre mes affaires.

– Je préférerais que non.

– Après dix heures de vol, j'aimerais bien me changer.

Elle a hésité, mais elle ne lui a pas caressé la joue.

– Tu es vraiment coquet.

Elle avait arrêté de pleurer. La pluie avait cessé. Elle s'est mise à sourire. Un beau sourire, un petit cadeau de rupture qui valait bien un bouquet. D'ailleurs, il ne faut rien exagérer, une rupture n'est pas un enterrement.

Il s'est levé.

– Où tu vas ?

Il regrettait de n'être pas violent, autrement il aurait soulevé à deux mains le guéridon de fer forgé, et il l'aurait pilée avec jusqu'à obtenir une sorte de pâte taiseuse dont ne se serait plus échappé le moindre mot.

– Je rentre boulevard Raspail.

Il a pris son sac. Il est parti.

La nuit maintenant était noire. Il évitait les flaques, les passants, les flics, et les dealers qui fonçaient tête baissée en murmurant *shit*. Assise au bord du Forum des Halles, Saint-Eustache méditait sur l'avenir du monde.

Traversant la rue Saint-Denis, il s'est souvenu que vingt ans plus tôt il y avait là des putes plantées de loin en loin comme des poteaux de couleur. Aujourd'hui, elles avaient à peu près disparu et les sex-shops fermaient boutique.

Il a débouché boulevard de Sébastopol. Les SMS s'accumulaient sur son portable. Il les a effacés sans les lire, et il a éteint. Il a arrêté un taxi, une Volkswagen qui sentait la frite. On annonçait à la radio un attentat en Israël. Le chauffeur portait des petites lunettes cerclées d'intellectuel nazi.

Il donnait un grand coup de frein à chaque feu vert. Il brûlait lentement les feux rouges. Il ignorait où se trouvait le boulevard Raspail. Il confondait Montparnasse avec Barbès-Rochechouart. Tibère lui a faussé compagnie dans un embouteillage. Il est rentré chez lui en métro.

L'appartement lui a semblé plus vaste que dans son souvenir. Comme si en quelques jours il s'était mis à grandir avec l'empressement de l'ossature d'un adolescent resté couché une petite semaine le temps d'une bronchite. Mais la chambre demeurait une capsule au quatrième étage de cet immeuble haussmannien qui avait avalé des générations d'habitants depuis sa construction en 1869. Deux anciens placards contigus dont on avait dû abattre la cloison, ou des galetas voués au couchage des nourrices dont les bébés des bourgeois suçaient le lait pour éviter de flétrir les appas de leur mère destinés à favoriser l'érection de leur père, afin qu'il continue sans défaillir à accomplir son destin de géniteur, à une époque où les héritiers tombaient comme des mouches à la moindre rougeole. Il était donc prudent d'en générer une demi-douzaine si on voulait que vingt ans plus tard vous reste un adulte mâle capable de perpétuer votre nom, et de pousser la porte de l'étude du notaire qui s'occuperait de votre succession, tandis que vous feriez un somme dans votre frais caveau du Père-Lachaise, à l'abri de la chaleur, de la neige, et des insurrections.

Il s'est allongé tout habillé sur le lit. Ses chaussures humides tachaient la couette blanche. La pièce sentait l'eau de parfum Lolita Lempicka dont elle abusait depuis Noël. En fermant les yeux, il lui était difficile d'imaginer qu'elle ne respirait pas à côté de lui, le bruit de son souffle couvrant le sien. Elle allait parler, lui dire qu'elle n'avait pas rompu. Une autre avait causé à sa place tout à l'heure, une pauvre fille névrosée qu'elle hébergeait en elle pour lui éviter d'errer dans Paris comme une cliente de psychiatre. Cette fille-là n'avait pas de nom, pas de papiers, et pas même un corps personnel pour se suffire.

Le téléphone de l'appartement a sonné. Il s'est endormi quand la sonnerie s'est calmée. Il a rêvé, un rêve urbain, populeux, un rêve de foule.

Quand il s'est réveillé, elle était debout au pied du lit. Elle le regardait. Au lieu de monter dans les hauteurs de la chambre, la fumée de sa cigarette tombait sur lui. Il s'est redressé en toussant.

– Tu ne supportes même plus ma fumée ?

Il a ouvert la fenêtre. Il a respiré l'air humide. Le jardin du Luxembourg n'était pas si proche, mais il reconnaissait l'odeur des feuilles des arbres qui en cette fin d'hiver recommençaient à pousser.

Elle parlait dans son dos.

– Tu vas partir.

Il s'est retourné. Deux larmes roulaient tranquillement sur son visage. Elle a balancé sa cigarette dans la rue. Il n'a pas entendu de hurlement, et il a supposé qu'elle avait atterri sans brûler le crâne de personne.

– Je te jure que je t'aimerai toujours, si tu me prouves que tu m'aimes assez pour foutre le camp.

Courbant le cou, elle secouait la tête. Comme si elle avait voulu se débarrasser de ses larmes, à la façon des chiens qui s'ébrouent en sortant de l'eau. Elle s'est affaissée, et elle a enfoncé sa tête dans un oreiller. Il l'entendait dire des *je t'aime* assourdis. Il a eu envie de caresser son dos, de descendre par-delà les fesses à la recherche de son sexe qu'elle ne faisait plus épiler depuis des lustres.

Il s'est assis au pied du lit.

– Marjorie.

Elle s'appelait Marjorie, un prénom qui lui avait toujours paru clinquant comme une marque de bijoux en toc.

– Ne m'appelle plus jamais Marjorie.

Elle avait relevé lentement la tête pour le regarder. Un mouvement régulier, mécanique et fluide comme celui d'une caméra montée sur un vérin hydraulique.

– Tu veux que je te dise Madame ?

– Je ne t'appellerai plus jamais Tibère. On devrait changer nos noms, comme des bateaux qui changent de propriétaire.

Il transpirait. Il a enlevé sa veste.

– Tu pourrais au moins la ramasser.

La veste était bien par terre, une ombre sur la moquette jaune citron. Il est allé au salon. Il avait envie de se jeter par terre lui aussi, histoire de s'assommer. Il a éteint l'halogène, il s'est lâché sur un fauteuil comme un paquet qui lui aurait échappé des mains.

Elle l'a rejoint.

– Tu sais bien que je déteste l'obscurité.

Elle a rallumé. Elle était dressée devant lui. Ses yeux acidulés, luisants, comme deux bonbons qu'on a déjà sucés. Elle était jolie, mais ce qui lui plaisait en elle c'était sa beauté hésitante, timide, espiègle, qui jouait à cache-cache, et qu'il trouvait encore plus émouvante de refuser de s'imposer comme une effrontée. Il se disait parfois qu'il était le seul à la soupçonner, et qu'elle ne l'avait jamais offerte qu'à lui, de temps en temps, avec désinvolture. Elle avait un visage fragile, pas un de ces masques qu'un robot semble avoir découpés d'après les plans d'un esthète psychorigide.

– On ne sera plus ensemble, on ne sera plus les mêmes. On deviendra d'autres gens, ce serait une escroquerie de se faire appeler encore Tibère et Marjorie.

– Ferme-la.

– Je t'aime encore plus qu'avant, parce que tu me manques déjà.

Il se sentait plus exaspéré que triste. Si elle avait été légère comme une poupée, il l'aurait prise par les pieds et il l'aurait fait tournoyer. Elle se serait envolée, brisant les carreaux. Elle aurait plané au-dessus de Paris.

Elle a allongé le bras, sa main a effleuré sa joue.

– De toute façon, l'amour ça t'a toujours été égal. Tu m'aimes, comme j'aime le chocolat ou les saloperies en cashmere. Tu trouveras une autre conne pour t'aimer. Ce sera comme si tu changeais de marque de chaussures, au début tu trouveras le cuir un peu raide, mais au bout de quinze jours elles te paraîtront aussi confortables que tes vieilles Weston.

Elle a retiré brusquement sa main.

– Ce que tu es nerveux, ton visage est plein d'électricité statique.

Il s'est levé.

– Laisse-moi passer.

Il l'a poussée. Il a traversé le couloir. Il s'est enfermé dans la salle de bains. Il s'est assis sur le bord du bidet, cet instrument d'hygiène parcimonieux qui ne voyait plus guère de fesses depuis l'hégémonie de la douche. Il s'est dit, c'est bizarre, je pleure. D'habitude, il avait plutôt le chagrin sec. Il ne se souvenait pas avoir pleuré depuis la fin de son enfance.

Elle a toqué à la porte.

– Tu fais quoi ?

– Je me branle.

– Pour toi, je ne suis qu'une porteuse de cul, et le reste de ma personne tu n'en as rien à foutre.

– Tu voudrais que je pleure ?

– Je préférerais.

– Ne rêve pas, je ne suis qu'un mec. On est tellement durs, que même si on pleurait, on chialerait des pierres.

– Moi, je t'aime. Je souffre. Je suis un être humain.

– Laisse-moi, je vais jouir.

– Tu es dégueulasse.

Il a ouvert le robinet du lavabo pour qu'elle ne l'entende pas sangloter. Elle avait bien sangloté tout à l'heure en public, il pouvait se permettre cette fantaisie dans l'intimité. Le plaisir de sentir sa tristesse couler, comme une matière dont on pourrait espérer se purger. Mais il n'était pas doué pour les larmes. Elles se sont taries. Il a coupé l'eau.

Il l'a entendue marcher dans le couloir, et ouvrir la porte de l'ancienne chambre d'ami qu'elle avait transformée en salle de gym. Il y avait un tapis de course, une plateforme vibrante, et un vélo d'appartement au guidon tordu.

– Va-t'en. Putain, va-t'en.

Elle hurlait. Elle donnait des coups de pied dans la cloison. Il ne comprenait pas pourquoi ils s'étaient rencontrés. Et puis, il n'aurait jamais dû accepter de vivre avec elle. Avant qu'il ne rachète la part de Marjorie avec la donation-partage dont son père l'avait gratifié deux années plus tôt, cet appartement était une sorte de nid où les euros des traites défalquées de leurs comptes bancaires s'accumulaient comme autant de brindilles.

Elle avait passé son temps à le mettre dehors. À lui courir après. À lui crier son amour. À réclamer son pénis comme une toxico une seringue.

Mais au début du siècle elle avait fait la connaissance de sex-toys qui l'avaient un à un séduite comme de beaux mecs. Elle en avait maintenant toute une colonie sous le couvercle en plexiglas de la cave à cigares que les invités pouvaient apercevoir sous sa table de chevet quand ils déposaient leurs vêtements sur le lit. Elle avait fini par préférer ces prothèses au sexe de Tibère.

– Les fabricants ont fait de tels progrès, que face au sex-toy, le pénis fait désormais figure de parent pauvre.

C'est du moins ce qu'il avait entendu un matin à la radio.

Il se demandait si par la même occasion Marjorie ne rêverait pas un jour de faire remplacer sa paire de jambes par ces tiges en matériaux composites qui permettraient bientôt aux coureurs handicapés de pulvériser les records des valides.

Ils n'avaient plus eu de rapport sexuel depuis dix-huit mois.

Il n'allait pas passer la nuit dans la salle de bains. Même gavées de serviettes, les baignoires restent aussi douillettes que des trottoirs. En quittant la pièce, il a aperçu le serpent dans le couloir. L'animal a rebroussé chemin en l'apercevant et il a disparu. Tibère s'est dit que le propre des apparitions était justement de disparaître.

Il n'avait pas sommeil, mais il rêvait de s'endormir. Il entendait Marjorie courir sur le tapis. D'après le bruit, elle avait gardé ses bottes. Pour elle, l'amour était un sport comme un autre. La gym et les sex-toys avaient remplacé l'obsolescent coït. Elle finirait trempée de sueur, épuisée, comme sortie des bras d'un homme.

Il s'est déshabillé, jetant ses vêtements à travers la chambre. C'était la dernière fois. Tout ce qu'il ferait désormais d'ici son départ, ne se produirait jamais plus. Il quitterait l'appartement en poussant devant lui des sacs, des ballots, des cartons, qu'il descendrait en plusieurs voyages sur son dos comme un déménageur.

Il se demandait pourquoi on prenait la peine de se rapprocher de quelqu'un, si on n'avait pas la patience d'attendre ensemble un demi-siècle que la mort rompe à notre place.

Il s'est mis au lit. Il n'a pas éteint. Il n'allait pas dormir. Le décalage horaire était un alibi suffisant pour justifier une nuit d'insomnie. Il aurait dû préparer ses affaires, et appeler son père pour le prévenir qu'il allait émigrer chez lui, le temps de trouver une nouvelle patrie dans les méandres de l'immobilier parisien.

Depuis que son père était veuf, il vivait seul boulevard Saint-Germain. Il semblait flotter dans l'appartement familial dont il était à présent l'ermite. Il finirait par se perdre dans le dédale des pièces, et on le retrouverait hagard dans une chambre lointaine, un territoire inconnu, où personne ne s'était aventuré depuis un siècle.

Tibère redoutait le lendemain comme un condamné l'aube de son exécution. Pas un condamné à mort, un condamné à un supplice de troisième ordre qui après l'avoir subi recouvrera la liberté. Pour l'instant, Marjorie était toujours là. Il préférait l'entendre courir plutôt que d'être seul et ne plus l'entendre du tout. Il craignait le silence, la boîte vocale où elle ne déposerait plus aucun message, les soirs sans dispute, et les matins tranquilles où il pourrait déjeuner sans la voir chipoter sa bouillie hypocalorique qui dégageait une insinuante odeur de vinaigre. Désormais, il aurait tout son temps, il serait libre de s'ennuyer jusqu'à ranimer des amitiés éteintes depuis des années afin de tuer une heure ou deux devant un curry dans un restaurant indien du faubourg Saint-Denis.

Il l'a entendue sauter sur le parquet. La machine a émis un grognement avant de s'arrêter. Il aurait dû la mettre dehors avec ses frusques et ses godemichés. En cas de résistance, un ami avocat se serait chargé de la virer le lendemain.

Une lutte sans merci, inévitable entre deux sexes, deux états, deux peuples aux racines, aux histoires diamétralement opposées. Entre deux corps qui comportent çà et là des organes aussi ressemblants qu'un colibri et une grenouille. Il s'est demandé si son pénis s'apparentait plutôt à un batracien ou à un oiseau.

– Tu dois partir immédiatement.

Elle venait de faire irruption dans la chambre, un rouleau de sacs-poubelle à la main. Elle en a détaché un, et ouvrant la penderie elle y a jeté des chemises, des jeans, et quelques cravates.

– Tu pourrais au moins les foutre dans une valise.

– Ce sera plus léger.

– J'ai faim.

– Essaie de trouver un hôtel avec un room service.

Il s'est levé. Il est allé à la cuisine. À part les sachets de carottes râpées, il y avait au fond du frigo une boîte d'œufs et une courageuse tomate un peu ridée, qu'il se souvenait avoir déjà vue avant son départ pour Chicago, et qui résistait tant bien que mal à la décrépitude dans le casier à beurre. Il n'en fallait pas davantage pour faire une omelette aux couleurs estivales.

Elle l'a rejoint, tandis qu'il était nu devant la poêle où commençait à grésiller l'huile.

– Tu fais quoi ?

– Je cuisine.

– Fais gaffe, tu vas te brûler la bite.

Il a mis le tablier de chef cuisinier qu'il lui avait offert à Noël pour se moquer de son anorexie.

– Très érotiques, tes fesses à l'air.

– Tu veux qu'on baise ?

– Je t'aime, mais tu sais bien que c'est impossible.

– Fais comme si tu ne m'aimais pas.

– Je t'aime trop pour faire semblant de ne pas t'aimer.

Elle est retournée dans la chambre.

Il a cherché des biscottes dans les placards, il n'a trouvé que des biscuits protéinés. L'omelette s'est déchirée quand il l'a fait glisser dans une assiette. Il s'est assis, la chaise était froide. Il avait de la chance d'avoir faim, autrement il n'aurait jamais pu avaler la moindre bouchée de cette crêpe de caoutchouc brûlé.

Il a enfilé un peignoir à la salle de bains. Il s'est vu dans le miroir. Avant son départ pour Chicago, il était moins chauve. Il avait dû laisser une poignée de cheveux là-bas. Il ne pouvait pas appeler le concierge de l'hôtel pour qu'il les lui rapatrie par FedEx.

Il y avait deux sacs-poubelle dans le couloir. L'un ficelé, l'autre qui dégueulait un pyjama neuf. Marjorie l'avait acheté un jour où elle s'était mis en tête que les hommes devaient porter un costume même au lit.

Il s'est versé un whisky au salon. Il l'a bu sur le balcon. La lune était pleine, veinée comme un marbre. Au Moyen Âge les sorcières écrivaient à la lune, dommage que ce genre de correspondance soit tombé en désuétude. Avec une lampe, il aurait pu parler en morse à l'univers. Il n'aurait jamais vécu assez vieux pour recevoir une réponse, mais suffisamment pour perdre la raison.

La réverbération des lumières de la ville ternissait les étoiles. Il aurait aimé voir une soucoupe volante. Il aurait pu alors rêver sérieusement d'un exil. Une vie nouvelle sur une autre planète, un langage neuf, ou le silence absolu, si ces gens l'avaient atteint comme un graal. Les avions étaient liges de la terre, et ils n'avaient pas plus d'imagination que ces cartes de géographie bariolées dont les enseignants se servaient pour dégoûter les enfants des voyages. Il aurait voulu pouvoir quitter l'humanité, voir en action d'autres psychismes, et comprendre peut-être pourquoi le sien ne lui obéissait pas. Un psychisme qui refusait de lui donner du bonheur à la demande, et de lui permettre d'arrêter d'aimer quelqu'un au moment où il s'apprêtait à souffrir d'avoir été quitté.

Du reste, à trente-neuf ans il se trouvait trop vieux pour l'amour. C'était une activité d'adolescent. À son âge, on devait se contenter d'une vie de couple apaisé, où la passion s'appelle désormais tendresse, par pudeur, par honte de reconnaître qu'on reste ensemble parce qu'on est trop lâche pour ouvrir la porte et prendre ses jambes à son cou, et qu'on baise avec l'autre pour ne pas se compliquer la vie.

Il a regardé sa montre. Il était à peine vingt-deux heures. Il avait l'impression que la nuit allait durer. En tout cas, il la priait de prendre son temps. Il préférait une longue lutte, la violence, les cris, à la tranquillité, la solitude, la vie interminable, silencieuse, à peine troublée par les tremblements de terre, si rares en région parisienne qu'il ne faut guère compter sur eux pour oublier sa nostalgie dans la panique.

– Le taxi va arriver.

Il s'est retourné. Marjorie avait mis des lunettes de soleil, comme si elle allait à la plage ou à un enterrement.

– J'ai réfléchi, je ne veux pas que tu te retrouves tout seul dans une chambre d'hôtel. J'ai appelé ma sœur, elle est d'accord pour t'héberger quelques jours.

Sa sœur Séphora, une érotomane qui passait son temps à consommer des hommes.

– Je me demande si au moins tu vas souffrir. Je me suis toujours demandé si tu avais un cœur, ou une simple pompe cardiaque.

Elle a soupiré.

– Je t'aime, tu sais. Je ne savais pas que quitter quelqu'un pouvait être aussi dur que d'être quitté par lui.

Elle s'est penchée au-dessus de la balustrade.

– Le taxi est là.

– Je ne pars pas.

– Je vais t'aider à descendre les sacs. Dépêche-toi de t'habiller, il ne va pas t'attendre toute la nuit.

Les sacs-poubelle obturaient le couloir. Il les a enjambés pour revenir dans la chambre. Il a ouvert le placard de Marjorie. Elle n'avait qu'une seule robe du soir, froufroutante, avec quelques paillettes sur le corsage. Elle l'avait portée lors du réveillon de l'an 2000. Un réveillon dont ne lui restait qu'un souvenir en noir et blanc, comme si à cette époque la technologie n'était pas encore assez sophistiquée pour permettre à la mémoire de fixer les couleurs. Elle avait échoué à l'aube au fond du jardin, assise sur un banc vermoulu, la robe soigneusement pliée à côté d'elle. Une beuverie parmi d'autres, avec du champagne rosé, une boisson maintenant grise perdue dans son passé monochrome.

Elle avait pris sa place sur le balcon. Elle téléphonait en levant haut son bras gauche comme si elle saluait une foule.

Il s'est dirigé vers la cheminée. Il a jeté la robe sur les briques froides. Comme s'il l'avait imbibée d'essence, elle a flambé à la première allumette. Une flamme d'un bel orangé, avec une crête bleutée. Un vêtement de mauvaise qualité qui brûlait trop bien pour être conforme aux normes européennes. Il a alimenté le feu avec un chemisier, et de la lingerie en satin.

– Tu fais du feu ?

Elle venait de raccrocher. Elle est revenue au salon.

– Le taxi est parti. La fille du standard m'a dit qu'ils avaient listé mon numéro et qu'on ne m'enverrait jamais plus de voiture. Quand tu seras prêt, j'en appellerai un autre avec ton portable. Ma sœur était crevée, elle s'est couchée. Elle a mis la clé sous le paillasson. Mais si tu as des insomnies, réveille-la, elle te lira une histoire porno et tu t'endormiras tout mouillé. Mais qu'est-ce que tu fabriques ?

– Je brûle tes fringues.

– Quoi ?

Elle avait dû enlever tout à l'heure ses lentilles de contact. Elle n'avait vu que des flammes floues. Le feu était sur le point de s'éteindre. Il restait un lambeau de robe, les culottes étaient en cendres, les soutiens-gorge ne s'étaient pas consumés. Elle a avancé sa main, comme si elle cherchait à vérifier que ses yeux ne retouchaient pas les images avant de les injecter dans son encéphale. Elle s'est brûlée. Elle a bondi à travers le salon, renversant la table basse dont la glace s'est brisée.

Elle a griffé Tibère au visage quand il a cherché à l'immobiliser. Mais elle était vraiment légère, et il a réussi à l'emporter à la cuisine comme un barda.

Il a maintenu sa main sous le robinet d'eau froide.

– Lâche-moi. Putain, lâche-moi.

De sa main valide, elle lui a broyé les couilles. Il l'a envoyée valdinguer. Elle s'est heurté le front contre le plan de travail. Il s'est écroulé plié en deux sur une chaise.

Il avait appelé SOS Médecins. Éclaboussé de sang, le tapis du salon ressemblait au tablier d'un boucher. Marjorie tamponnait son front avec un kleenex. Elle s'était souvenue que sa grand-mère avait abondamment beurré son pouce un jour où elle avait voulu laisser son empreinte sur la casserole étincelante où cuisaient des pommes de terre en robe des champs. Sa main la faisait toujours souffrir, bien qu'elle l'ait arrosée d'huile d'olive.

Tibère s'était recroquevillé sur un fauteuil, s'efforçant de rester digne malgré l'outrage.

– Tu es un enculé. Je suis folle de t'aimer.

Elle a essayé de planter ses crocs dans sa gorge, mais il ne se sentait pas assez coupable pour accepter de mourir. Il lui a tant tiré l'oreille qu'elle a lâché prise de peur de la perdre.

Elle s'est repliée derrière l'halogène. Elle a tendu sa main vers lui comme un animal blessé.

– Essaie au moins de faire quelque chose. Tu sais bien que j'ai horreur d'avoir mal.

Comme SOS tardait à leur envoyer quelqu'un, il a appelé les pompiers. Ses explications ont été si confuses, qu'ils ont cru à un incendie. Trois camions ont pris position devant l'immeuble. Une dizaine d'hommes ont investi la cage d'escalier. Les habitants sortaient des appartements effarés.

Tibère a dégagé un passage à travers les sacs-poubelle qui encombraient le couloir. Il a introduit les pompiers au salon. Ils avaient l'habitude d'être dérangés pour un perroquet patraque, et ils ont gardé leur calme en apercevant dans la cheminée les restes du sinistre.

Un médecin en uniforme de capitaine s'est détaché du groupe pour examiner Marjorie.

– Arcade sourcilière ouverte, brûlure de la main droite au deuxième degré.

Il a sorti un spray de sa mallette, il a aspergé son front. Il a enrayé l'hémorragie avec un pansement compressif. Il a vidé un tube de gel sur ses brûlures, et il a semblé à Marjorie qu'on venait de tremper sa main dans la neige.

Il était vingt-trois heures quarante-cinq. Marjorie était allongée sur un brancard dans la salle d'attente des urgences de l'hôpital Cochin. Une infirmière avait pris sa tension.

– 12/7.

– Je veux voir un médecin.

– Tension normale.

La pièce était vaste, populeuse. Il y avait des gens sur les bancs, d'autres debout, immobiles, couchés sur le sol comme des évanouis, ou marchant de long en large, tournant en rond, buvant des cafés achetés au distributeur, allant et venant par la double porte battante pour fumer dans la cour. Les chaises en plastique fixées aux murs n'étaient pas assez nombreuses pour accueillir toute la misère du monde. Sans compter Marjorie, trois vieilles, un clochard, et un jeune homme au bras enflé, étendus sur des brancards, qui achevaient d'encombrer l'endroit.

L'infirmière s'était approchée du clochard. Il avait le visage aussi jaune que les dents. Il racontait qu'on lui avait enfoncé un couteau dans la cuisse. Elle prenait son pouls. Sa jambe gauche était ensanglantée. Elle a fait signe à un brancardier. Il l'a roulé vers les salles de soins, de radiologie, vers les chambrées où l'on stockait les clients pour la nuit.

– Je vais rester ici toute ma vie ?

Marjorie a essayé d'attraper au passage la blouse de l'infirmière.

– Vous me laissez crever.

La fille avait affaire à présent à une femme échevelée atteinte de gingivite.

– Nous n'avons pas de service de stomatologie.

Marjorie contractait ses muscles. Sa main ne la faisait plus souffrir, sa plaie la picotait à peine. Tibère avait disparu.

Elle ne se souvenait plus pourquoi elle avait rompu. De toute façon, la plus grande preuve d'amour qu'on pouvait donner à un homme, c'était de le quitter. Lui rendre sa liberté, l'obliger de voler à nouveau de ses propres ailes. Comme une mère décide tristement un jour de mettre à la porte son grand dadais de trente et un ans pour qu'il connaisse enfin le goût de la liberté, et le douloureux mais salutaire coup de bambou de l'abandon.

Précédé par l'odeur de son eau de Cologne, Tibère est apparu au-dessus d'elle.

– J'étais allé te chercher des cerises.

Elle avait envie de cerises quand elle était malade. L'hiver, il devait se traîner jusqu'à la Madeleine pour en acheter chez Hédiard. Ce soir, il en avait trouvé chez un épicier arabe qui les vendait au prix des rubis.

– Elles ont de gros noyaux.

Elle les croquait quand même. Il lui a caressé le bout du menton. Elle regrettait d'avoir rompu si tôt. Elle aurait dû attendre que la nuit se soit déroulée. Il valait mieux rompre le matin. On a le cœur au bord des lèvres à cause de l'alcool et de tout ce qu'on a trop dit.

– J'ai rompu, tu te souviens ?

Il a passé la main dans ses cheveux.

– Vaguement.

– Moi, je ne me souviens plus.

Elle se souvenait, mais elle ne comprenait rien. Parfois, elle avait l'impression de se connaître à peine. Il lui semblait être sa parente éloignée, une fille dont on a entendu parler, qu'on a aperçue à un enterrement, dans la cohue d'un buffet de mariage. On ne sait d'elle que des rumeurs, des potins, des cancans. Elle semble avoir une vie incohérente, mais on n'a même pas entendu le son de sa voix. On la juge de loin, on la déduit de ses contours, et on ne prend même pas le temps de s'en approcher pour la regarder au fond des yeux.

Elle a mangé la dernière cerise. Elle lui a rendu le sachet où elle avait craché les noyaux.

– Je veux qu'on me soigne immédiatement.

Elle avait haussé le ton, au point de percer le brouhaha et d'être entendue par un interne en blouson de cuir qui traversait la salle pour aller prendre son service. Il a tourné la tête vers elle, et il a pris l'initiative de la pousser devant lui comme un chariot de supermarché.

Elle voyait les néons défiler au-dessus d'elle. Elle sursautait quand la civière poussait une porte. Elle se demandait si elle n'avait pas été enlevée par un maniaque qui allait l'entraîner dans une salle d'opération désaffectée et la violer après l'avoir endormie d'une injection de penthotal. Il pouvait aussi l'irradier sous la première bombe au cobalt qu'il trouverait sur son chemin, et pénétrer son corps phosphorescent comme dans un film d'horreur.

Elle n'allait pas crier, il l'aurait étranglée dans la foule des soignants et des éclopés, qui donnait à ce corridor un air de couloir de correspondance. Son assassinat passerait inaperçu. Il n'aurait plus qu'à la jeter dans un monte-charge, et la confier aux bons soins d'un employé de la morgue qu'elle imaginait perdue dans les profondeurs des fondations comme les oubliettes d'un château.

L'interne l'a introduite dans une petite pièce vitrée. Il l'a installée sur un fauteuil de soins.

– On va s'occuper de vous.

Il l'a abandonnée, emportant la civière.

Elle regrettait de n'être pas restée boulevard Raspail. Elle aurait pris deux ou trois gélules avec un grand verre de bordeaux, et elle se serait endormie au milieu de la cuisine sans avoir eu le temps de gagner son lit. Pendant son sommeil, sa physiologie aurait fait des merveilles, et elle se serait réveillée guérie.

Un infirmier a poussé la porte. Un Antillais avec des rondeurs féminines et une croupe qui pointait sous sa blouse. Sans dire un mot, il l'a mise sous perfusion.

– Je ne suis pas mourante.

– C'est la procédure.

Il a retiré le pansement de son front. Il a tamponné la plaie avec un coton imbibé de désinfectant.

– Faites-moi une anesthésie locale.

– Pas besoin.

Quand l'infirmier a quitté la pièce, elle avait la main bandée, et un sparadrap minuscule au-dessus du sourcil droit. Elle était retenue par le cathéter de la perfusion. Elle a essayé de retirer l'aiguille de son bras. Elle était profondément plantée dans la veine. Elle s'est levée du fauteuil, mais elle ne pouvait pas même atteindre la porte.

Elle a fait des signes à travers la vitre. Personne n'était assez désœuvré pour prêter attention à elle. Elle a craché sur eux, mais pas assez fort pour traverser la vitre. Elle aurait tant aimé les voir tous s'immobiliser et fouiller leurs poches à la recherche d'un mouchoir. Elle n'aimait pas les vitres, elle préférait encore les murs qui sont moins hypocrites et ne promettent rien.

Elle s'est aperçue que le pied à perfusion roulait. Tout roulait dans cet hôpital, même les soignants dont la démarche semblait fluide dans le chaos.

Elle a quitté la pièce en poussant la perfusion devant elle. Elle a marché dans le couloir, la main gauche crispée sur le montant d'acier. On l'évitait, et pourtant elle aurait bien voulu percuter quelqu'un. Une manière de nouer un contact, d'entamer un dialogue. On ne lui répondait pas quand elle parlait, elle était peut-être entourée de gens qui habitaient hier ou demain, et qui ne pouvaient ni l'entendre ni la voir tant sa présence appartenait au passé ou à un avenir incertain. Elle se faufilait à l'intérieur d'une époque qui n'était pas la leur.

Elle a traversé la salle d'attente sans qu'on l'apostrophe. Tibère parlementait avec une infirmière pour essayer de savoir dans quelle région de l'hôpital on l'avait expédiée, et il ne l'a pas vue passer. Elle a traversé la cour dans l'indifférence générale des fumeurs, et elle est passée devant la cahute du gardien sans qu'il lève les yeux.

Elle a marché dans la rue. Elle a fait une halte sous un abribus. Une femme en mauvais état dormait dans un coin sur un tas de loques et de vieux journaux. Elle avait les cheveux en brosse, comme si on lui avait rasé le crâne quelques semaines plus tôt pour la délivrer des poux. Elle a ouvert les yeux et regardé fixement un prospectus apporté par le vent. Une bouche aussi moelleuse que le canapé Lips de Salvador Dalí, embrassait du bout des lèvres une coquette perceuse noire conçue pour faire le bonheur des bricoleuses en robe fourreau. Elle a grogné, avant de replonger dans son sommeil d'ivrogne.

Marjorie s'est assise sur le banc. Un bus presque vide s'est arrêté et la portière avant s'est ouverte. Elle ne s'est pas levée pour tenter l'ascension jusqu'à l'habitacle. Un passager aux grosses lunettes démodées héritées d'un cousin d'avant-guerre, l'a regardée incrédule en appuyant ses deux pattes contre la vitre. Le chauffeur a haussé les épaules en redémarrant.

Un taxi en maraude est passé au ralenti. Mais son sac était resté boulevard Raspail, et elle n'aurait pu régler la course. De toute façon, le chauffeur n'aurait pas pris la responsabilité de la laisser monter dans sa voiture.

On n'aime pas la perspective de se retrouver avec un cadavre sur les bras, après avoir rangé un socle à roulettes dans son coffre et coincé une perfusion avec le pare-soleil en espérant qu'elle ne s'esclaffe pas sur le tableau de bord au premier coup de frein.

Elle a marché. Un homme l'a aperçue depuis le trottoir d'en face. Il a traversé et il s'est approché d'elle. Il l'a observée à bout portant. Il lui a semblé qu'il la picorait de coups d'œil, comme dans une salle de dissection un étudiant titille un macchabée du bout d'une lancette.

– Ne me touchez pas.

– Je vais appeler une ambulance.

– Je ne suis pas malade.

Elle a repris sa marche. Elle l'a entendu téléphoner au Samu dans son dos. Elle n'arrivait pas à courir, mais sans lâcher la barre elle est parvenue à trottiner. Elle a tourné au coin d'une rue et s'est engouffrée dans un immeuble à la suite d'un couple quadragénaire d'une élégance de vitrine. Il y avait un pavement à damier dans l'entrée. L'homme s'est retourné sur elle. Il lui a semblé plus beau que Tibère, mais il avait une de ces figures trop blanches qui l'été rougissent. Il lui a parlé d'une voix pâteuse.

– Nous nous sommes rencontrés il y a cinq ans.

– Non.

– À la gare de Trouville, vous m'avez demandé l'heure.

– Je ne me souviens pas.

– J'ai une mémoire presque métallique, mes souvenirs sont solides et nets comme des soldats de plomb.

– Jamais allée à Trouville.

La femme avait ouvert la porte de l'ascenseur. Elle vacillait et répétait qu'elle ne boirait plus jamais de sa vie.

– Montez avec nous, vous nous raconterez vos malheurs.

– Non, merci.

Il a poussé la femme dans la cabine. Le sursaut du décollage lui a donné mal au cœur. Elle a vomi contre la vitre. Marjorie entendait l'homme l'injurier d'étage en étage. Puis, le silence. Comme si on avait coupé le son.

Il n'y avait pas de siège. Elle a essayé de s'asseoir sur une marche d'escalier, mais le cathéter n'était pas assez long. Elle aurait pu arracher l'aiguille, le sparadrap qui la fixait à son bras commençait de toute façon à se décoller. Mais au moins, elle était reliée à quelque chose.

Tibère lui semblait en fuite, Tibère lui semblait parti. Elle avait été reliée à lui, mais par des pointillés de plus en plus lâches. Ils s'étaient côtoyés dans les mêmes mètres carrés, ils avaient regardé le même écran de télévision, et ils avaient posé des milliers de fois leurs fesses sur le même abattant. Ils se fréquentaient donc, et ils s'étaient retrouvés souvent de part et d'autre du pénis raide de Tibère. Ils avaient été souvent heureux ensemble, mais puisqu'ils vivaient ensemble il aurait été étrange qu'ils le soient chacun de son côté.

Le bouton de l'ouvre-porte était caché derrière une plante verte. Elle est sortie de l'immeuble. La rue était calme, une voiture se garait lentement, sans bruit, comme si les chats savaient conduire. Une jeune fille a ouvert la portière, bottée, avec une jupe en vinyle rouge qui luisait.

Elle a pensé qu'elle avait passé une soirée de prostitution dans un bar, sur un boulevard extérieur, ou dans un bois. Elle admirait les putes depuis son adolescence, elle se sentait trop gauche au lit pour réclamer en sus de l'argent aux hommes.

Les talons de ses bottes claquaient sur le trottoir. Sa démarche était nonchalante, elle regardait les façades des vieux immeubles avec l'avidité d'un touriste. Quand elle est arrivée à sa hauteur, la jeune fille l'a fixée. Elle a laissé tomber son regard jusqu'à son bras, remontant ensuite du cathéter jusqu'à la perfusion.

– Chagrin d'amour ? Cancer ? Violences conjugales ?

Elle lui a montré sa main bandée.

– Je me suis brûlée.

– Et vous vous êtes pris le coin de la cheminée ?

Elle est partie en éclatant de rire.

Marjorie a entamé une crise de nerfs. Elle a même tapé du pied. Elle s'est calmée lorsqu'elle s'est aperçue qu'elle était toute seule dans la rue.

À présent, elle avait honte de cette perfusion comme une gamine d'un vêtement ridicule dont une camarade vient de se moquer pendant la récréation. Elle aurait voulu tout arracher, mais en touchant le sparadrap, une minuscule douleur lui a fait craindre d'avoir vraiment mal. Elle a regretté son portable. Tibère serait venu la chercher, il aurait poussé la perfusion à sa place. Il l'aurait installée au salon. Il aurait appelé un médecin qui l'aurait délivrée. Elle aurait pu de nouveau se mouvoir librement. Elle aurait éprouvé la jouissance délicieuse d'une convalescente qui peut enfin se lever et se déplacer de pièce en pièce pour regarder l'extérieur sous de multiples angles, au lieu de ne voir du fond de son lit que le toit en zinc de l'entrepôt d'en face.

Elle n'était pas si loin du boulevard Raspail. Il lui suffisait d'avancer. Elle n'avait jamais eu le sens de l'orientation, les plans de la ville lui avaient toujours semblé aussi mystérieux que la double hélice de l'ADN. Elle pouvait demander son chemin, au risque malgré tout de paraître étrange avec son goutte-à-goutte qui continuerait à goutter jusqu'à la fin des temps.

Elle a tourné au coin de la rue. Ce n'était pas le même coin de rue que tout à l'heure. Elle a regardé la plaque, mais elle n'avait pas assez d'autorité sur son corps pour exiger que ses yeux mettent un instant en veilleuse leur myopie. Elle voyait une tache bleu nuit, avec des sortes de poissons blancs qui vibraient à la surface au lieu de s'en aller nager dans la Seine avec leurs congénères. Elle n'a donc jamais su qu'elle se trouvait rue Cassini. Une rue courte comme un tapis de bain.

Après avoir subi une violente secousse quand le socle a sursauté en heurtant un trousseau de clés rouillées perdu il y a longtemps, qui avait dû voyager à coups de pied dans tout Paris pendant plusieurs années sans que personne prenne la peine de le ramasser, elle a débouché avenue de l'Observatoire.

Elle a traversé le boulevard Montparnasse qui lui était familier comme un voisin dont on a vu des centaines de fois la tête, mais sur lequel on est incapable de mettre un nom. Elle s'est retrouvée nez à nez avec la porte à tambour de la Closerie des Lilas. Elle est entrée.

La Closerie des Lilas était tiède. La salle du restaurant avait été louée par une confrérie d'écologistes. Ils achevaient les huîtres du hors-d'œuvre, et écoutaient Yann Arthus-Bertrand parler de la baleine du Groenland en regardant la tablée de ses yeux moirés comme les optiques des vieux Leica. Cet agile cétacé jouait à saute-mouton avec les blocs erratiques détachés de la banquise par les étés désormais trop chauds qui la desquamaient. Les pôles étaient recouverts d'une fourrure blanche, dure, froide, qui serait bientôt pelée comme ces peaux de renard argenté livrées aux mites dans les greniers confinés où on les oublie aussi vite que les grands-mères trop tôt disparues dont elles ont constitué tant d'hivers la parure.

À gauche, le bar était surpeuplé. Le pianiste jouait *Blue Moon*, et il s'est interrompu l'espace d'une mesure en voyant Marjorie. Elle avait l'air hagard, sa bouche était béante, et la perfusion ne contribuait pas à la fondre dans le décor. Un serveur s'est précipité sur elle. Il y avait un whisky sur son plateau. Comme dans ces vieux films américains écrits par des scénaristes qui tapaient dans la liste de soixante et un gags établie en 1934 par la Warner Bros., elle l'a bu à petites gorgées et a reposé délicatement le verre quand il a été vide.

– Merci.

– Vous voulez qu'on vous appelle une ambulance ?

– J'ai soif.

Le serveur s'est dirigé vers le comptoir. Il a parlé à un homme en costume vert qui secouait la tête dans tous les sens, comme s'il voulait mélanger ses idées pour en tirer au hasard une de son cerveau. Les clients s'étaient tus, on n'entendait plus que le charivari des écologistes. Elle s'est avancée, poussant la perfusion devant elle. Elle a été surprise d'entendre pour la première fois les roulettes grincer. Elle s'est assise à une table occupée par un couple. L'homme semblait lifté, alors que la femme portait ses rides et ses cheveux gris. Marjorie gardait le bras en l'air, par crainte de tirer sur l'aiguille.

Tout le monde parlait maintenant, et beaucoup plus fort qu'à l'instant où elle était entrée. Le couple n'osait rien dire, et appelait silencieusement au secours en lançant des œillades alentour. De sa main gauche, Marjorie essayait d'attirer l'attention du serveur toujours en palabres avec l'homme en vert pour lui commander un autre verre.

Là-bas, sous le grand miroir, il y avait une nuée de chaises autour de la table Hemingway. Un petit homme s'est levé de la banquette, et les chaises se sont écartées pour le laisser passer. Il a traversé la salle jusqu'à elle. Elle avait déjà vu son visage. Il ressemblait à un de ses anciens profs de fac, ou au directeur de son agence bancaire qui prenait un malin plaisir à la convoquer à chaque découvert.

– Vous êtes malade ?

– Je me suis brûlée.

– Vous permettez ?

Il a pris sa main.

– Je n'ai plus mal.

Il a regardé son front.

– Je crois que je ne saigne plus.

Il a observé ses yeux, la soupçonnant peut-être d'avoir les pupilles dilatées par la drogue.

– Vous prenez des médicaments ?

– Je ne suis pas camée. Vous êtes qui ?

– Gauthier Volvic. Je suis médecin.

Il a pris son pouls.

– Vous n'avez à aucun moment perdu connaissance ?

– Je veux rentrer chez moi.

Il a fait signe au serveur.

– Donnez-moi du coton et de l'alcool.

Il s'est tourné de nouveau vers elle. Il lui a caressé les cheveux, comme on caresse un chien.

– Je n'aime pas qu'on me touche.

– Je vais vous enlever cette perfusion.

Le serveur est revenu avec une bouteille de vodka et une pile de serviettes.

– Nous n'avons ni alcool ni coton, Monsieur le Ministre.

– Vous n'avez pas une tête de ministre. Vous vous occupez de la santé ?

Il a été pris d'un fou rire.

– Des affaires étrangères.

Il a enlevé le sparadrap, et retiré l'aiguille d'un coup sec.

– Ça va piquer un peu.

– Beaucoup ?

– Un peu.

Il a versé de la vodka sur la goutte de sang qui perlait. Il a noué une serviette autour de son bras. Elle s'est trouvée courageuse de n'avoir pas crié.

– Je boirais bien quelque chose.

– Je vais vous faire une ordonnance.

Il a demandé un verre au serveur. Il lui a versé un fond de vodka.

– C'est ma tournée.

Il a souri au couple qui semblait heureux de voir d'aussi près un politique. L'homme avait sorti son téléphone, mais il hésitait à le prendre en photo. Son épouse avait la bouche entrouverte, comme pour lui laisser supposer qu'une fellation était possible. Elle avait toujours trouvé humiliant de s'agenouiller devant un homme pour le butiner, et faire semblant de croire que le sperme était bon pour la ligne. Mais ce type dégageait un parfum aphrodisiaque, une fragrance enivrante, violente, comme si le pouvoir dégageait une odeur de musc. Elle n'aurait pas osé lui adresser la parole, car elle n'aurait pu lui dire qu'une phrase obscène. Et pourtant, d'ordinaire elle était réservée, et même prude, au point de dire qu'elle allait asperger d'eau fraîche son crâne migraineux quand elle se précipitait aux lavabos pour y déposer sa miction.

Marjorie s'est appuyée sur le ministre pour se lever. Et sans prêter attention à tous ces gens qui l'observaient, elle a quitté la Closerie sans se retourner. Débarrassée de la perfusion, il lui semblait avoir soudain perdu assez de poids pour prendre son envol. Avant de lever les coudes pour battre l'air, elle s'est souvenue que dans son enfance malgré ses demandes pathétiques sa mère avait toujours refusé de lui donner des ailes.

Le pied de la perfusion lui avait servi de déambulateur. Elle ne pouvait plus maintenant se raccrocher à rien, et elle a commencé à se sentir fatiguée. Elle ne voyait pas de banc, et personne n'avait eu l'idée ce soir-là d'abandonner une chaise bancale sur le trottoir.

Elle a pris appui contre un lampadaire en face de la Coupole. Tibère venait souvent y manger un steak tartare quand il ne trouvait rien dans le frigo. Elle aurait dû traverser le boulevard et scruter la salle. Elle a préféré essayer d'interpréter les silhouettes minuscules à travers les vitres. Elle pensait qu'elle le reconnaîtrait à sa façon de renverser son carafon de vin rouge en balançant sa main pour attraper le poivrier ou un morceau de pain dans la corbeille.

Mais les dîneurs étaient pareils aux figurines d'un grand automate, et ils lui paraissaient trop peu humains pour commettre la moindre erreur. Paris était une ville mécanique, où chacun virevoltait dans un sens, dans un autre, et jouait simplement son rôle dans un film qui se tournait tout seul depuis des siècles. Les acteurs se reproduisaient, vieillissaient, et disparaissaient. Les spectateurs manquaient, et à vrai dire il n'y en avait jamais eu. Le film s'effaçait au fur et à mesure, et d'ailleurs personne ne filmait. Paris était un spectacle vivant qui ne dépassait pas le stade des répétitions. Une foule de sketches qu'on improvisait dans le métro, à son bureau, en couple, en famille, ou chez soi en solitaire comme un comédien si mauvais que personne ne voudra jamais lui donner la réplique.

Elle s'est souvenue qu'elle s'était reproduite. Elle avait accouché un jour d'une blonde aux yeux noirs équipée d'un père sexagénaire attentif, doux, et riche à éternuer des lingots. Elle allait la voir à l'improviste quand elle lui passait par la tête. La gamine la reconnaissait, même si elle l'appelait Jorie et la croyait une ancienne nounou qui la promenait au parc Monceau quand elle avait trois ans.

Les cafés étaient encore ouverts, il ne pouvait pas être très tard. Les enfants d'aujourd'hui se couchent à des heures indues, et parfois les parents leur courent après jusqu'à l'aube pour essayer de les mettre au lit. Elle devait être dans son bain, ou en train de regarder un dessin animé. Elle avait envie d'aller lui faire la surprise d'une visite. Elle se souvenait qu'un jour la gamine lui avait demandé pourquoi elle oubliait si souvent de venir la voir.

Gauthier Volvic venait de quitter la Closerie. Il avait dit à son chauffeur de passer par Montparnasse pour rejoindre le Quai d'Orsay où il attendait un coup de téléphone de l'Afrique sur une ligne sécurisée. Il a aperçu Marjorie. Elle lui a paru branlante, tant elle oscillait en se déplaçant. Il a eu peur d'une erreur de diagnostic, la perte de l'équilibre était un des premiers symptômes de la tumeur au cerveau.

– Arrête-toi, Boris.

Le chauffeur a pilé. Les deux Peugeot bondées de gardes du corps qui suivaient de près la Citroën ont freiné comme elles ont pu.

– Vous voulez que je vous dépose ?

Marjorie l'a reconnu à son nez qui brillait déjà à la Closerie, et semblait maintenant flamber dans la pénombre du boulevard.

– Oui, je dois retrouver ma fille.

Il s'est poussé pour lui laisser une place à côté de lui.

Les Peugeot ont démarré derrière le véhicule ministériel. Volvic a allumé le plafonnier pour mieux l'observer.

– Vous avez des maux de tête ?

– Je suis plutôt sujette aux palpitations.

Il a été rassuré. Il avait affaire à une femme nerveuse.

– Où vous allez ?

– Rue de la Pompe.

– Tu as entendu Boris ?

Le chauffeur a tourné rue de Rennes.

– Comment s'appelle votre fille ?

– Julie.

– C'est joli.

– En fait, je crois qu'elle s'appelle Juliette.

– Ça se ressemble un peu.

Il s'est dit qu'en réalité elle était hystérique. Une maladie au long cours et rarement mortelle, qui faisait des mouroirs entiers de centenaires frappant dans leurs mains en cadence le jour de la visite du clown.

– Il faut que je téléphone.

Elle a décroché l'appareil qui clignotait entre les sièges avant. Elle n'a pas compris pourquoi elle se souvenait du numéro de Tibère qu'elle avait composé une seule fois dans sa vie, le jour où elle l'avait entré dans la mémoire de son portable.

– Tu es où ?

Il était boulevard Raspail. Il avait appelé la police,

qui l'avait envoyé bouler. Les femmes avaient souvent tendance à changer d'amant dans la nuit.

– Je vais voir Julia.

Elle a raccroché.

– C'était le papa de votre fille ?

– Non.

Volvic se demandait à présent pourquoi il s'était embarrassé d'une pareille déglinguée qui changeait le prénom de sa fille chaque fois qu'elle en parlait. S'il avait le malheur de baisser la vitre, un photographe se ferait un devoir de le mitrailler, et la presse lui prêterait une amourette avec une possédée.

– Vous montez avec moi ?

La voiture venait de s'arrêter devant un hôtel particulier rue de la Pompe.

– Je vous en supplie.

Volvic a ouvert la portière. Il se taisait, et dans son désarroi il lui donnait de légers coups de coude pour l'encourager à déguerpir. Elle s'est agrippée à son bras, et se laissant tomber à la renverse d'un coup sec elle est parvenue à le tirer hors de la voiture. Elle s'est relevée assez vite pour le pousser vers la porte cochère avant qu'il ne reprenne ses esprits.

Elle a sonné.

– Je vais vous laisser.

Elle lui a pris la main, et l'a serrée jusqu'à la douleur.

– Restez.

– Je suis attendu au Quai d'Orsay.

– Vous n'allez pas me laisser seule.

Il s'est libéré, et il a tenté de rejoindre la voiture. Elle a sauté sur lui comme si elle avait voulu qu'il la transporte sur son dos.

– Lâchez-moi.

Trois gardes du corps observaient. Elle a entendu sauter le cran de sécurité de leurs armes. Maintenant, ils n'avaient plus qu'à lever le bras pour la tuer. Elle a attrapé Volvic par l'oreille.

– Venez.

Un garde du corps l'a ceinturée. Deux autres la tenaient en joue. Volvic est retourné vers la voiture. Elle hurlait, et plusieurs têtes sont apparues aux fenêtres des immeubles alentour. Il joignait ses mains comme pour prier le dieu des ministres.

– Laissez-la.

Il a cru qu'elle allait se calmer, mais elle a profité de sa liberté pour se rapprocher de lui. Elle lui a parlé en plein visage, prenant son nez pour un micro.

– Venez avec moi.

Il lui a semblé percevoir des cliquetis d'appareils photo, une sorte de pré-écho du shooting qui allait commencer dès que les gens à leur fenêtre se réveilleraient suffisamment pour attraper leur appareil. Il valait mieux lui céder, plutôt que risquer de souiller son image.

– D'accord, d'accord. Je vous suis.

Elle s'est tue. Il l'a prise par l'épaule, et ils ont marché ensemble jusqu'à la porte cochère.

Tibère pissait dans le lavabo.

Dans l'immeuble mitoyen, un homme prénommé Anton pissait aussi en visant le fond de la vasque en forme de coquille. Il a levé les yeux, et il s'est observé dans la glace. Ses joues se creusaient, des cernes se formaient. Son front se fendait de rides. Son visage semblait devenir chaque mois un peu plus mou. Il ne lui avait jamais ressemblé de son vivant, mais depuis sa mort cinq ans plus tôt à l'Hôpital américain où à la fin de sa leucémie il avait établi ses pénates, son père montait en lui. Il prenait peu à peu sa place, il poussait, et apparaissait lentement. Un long fondu enchaîné, un morphing. Dans vingt ans, il aurait atteint l'âge que son père avait au moment de sa mort, et il aurait sa gueule qui vieillirait sur l'os de sa face. Quant à lui, il aurait complètement disparu. Son père s'appelait Dimitri, on l'appellerait alors sûrement ainsi.

Tibère a quitté la salle de bains. En arrivant, il avait éventré les sacs-poubelle et replacé ses affaires dans le placard. Il avait ramassé les débris de verre, et envoyé la carcasse de la table basse dans un coin.

Vingt minutes s'étaient écoulées depuis le coup de fil de Marjorie. Elle avait eu cette enfant lors d'une brève interruption de leur histoire, quelques mois après leur rencontre. Un soubresaut datant de l'époque préhistorique où leur couple était encore souple et pouvait sans rompre plier dans la tempête.

Il n'avait jamais entendu parler d'une mère à ce point peu mère. Elle avait quitté toute seule la maternité deux jours après l'accouchement. Le géniteur avait accueilli cette abdication comme un événement joyeux. Pendant sa grossesse, elle n'avait cessé de s'enfuir. Il l'avait poursuivie jusqu'à Berlin, où elle était descendue dans un hôtel du quartier de Biesdorf. Auparavant, elle n'était jamais allée en Allemagne, et personne n'avait su pourquoi elle s'était terrée là-bas.

Depuis la naissance du bébé, le vieux papa lui avait proposé tout l'or du monde pour accepter d'entamer une procédure d'abandon. Elle n'avait jamais cédé, car elle ne voulait pas être une maman qui abandonne son enfant. Elle ne voulait pas être une maman du tout.

Marjorie avait accouché rapidement. Comme si elle

avait refusé de perdre plus d'un quart d'heure à expulser sa fille. Sitôt le cordon coupé, la sage-femme la lui avait montrée. Elle n'avait pas ses verres de contact, et elle l'avait vue floue.

– On dirait une photo ratée.

Le père avait tenu à assister à la naissance. Il était parti aussitôt chercher dans sa chambre la vieille paire de lunettes qu'elle trimballait toujours au fond de son sac. D'une main tremblante, il s'était apprêté à l'en chausser.

– Non, je préfère qu'elle ne soit pas trop nette.

Elle a fait un mouvement avec sa main, et l'infirmière a donné le bébé au père qui tendait les bras.

Pour que ne lui vienne pas à l'esprit de faire valoir ses droits sur sa fille, il ne lui avait jamais adressé la moindre réflexion sur son manque d'instinct maternel. Parfois, Marjorie faisait juste une apparition, et dévalait l'escalier dès que la gamine se précipitait pour embrasser cette ancienne nounou. Une nounou qui ne l'avait jamais promenée nulle part, une nounou que son père avait inventée sur les conseils d'un psychologue pour justifier les visites imprévisibles de cette mère fugace.

Tibère s'est demandé si en définitive il aimait Marjorie.

– Oui.

Il a sursauté quand il s'est entendu répondre d'une voix haute et claire comme s'il s'était trouvé dans une cour d'assises. Il a éteint la télévision dont les images défilaient en silence depuis son retour. Il a cherché ses clés, avant de les retrouver sur la tablette du radiateur de l'entrée.

Il a quitté l'appartement.

Il était une heure. Les voitures étaient devenues plus rares. Trois taxis sont passés, panonceau éteint. Les derniers métros commençaient à rentrer au dépôt. Son scooter était garé dans la cour. Il ne s'en servait plus depuis qu'il avait cru éclater en vol le jour de l'an face à un camion qui avait pris la voie sur berge en sens inverse. Il l'avait évité au dernier moment, et il s'était dit de retour chez lui qu'il n'aimait pas la mort.

Le démarreur électrique ne répondait pas. Il l'a poussé. Il a démarré en descendant la rue de Rennes. Pas de casque, les deux casques étaient restés là-haut posés sur le lit de la salle de gym comme des têtes coupées de motards guillotinés sur l'autoroute par le rail de sécurité.

Il a pris la rue de Rivoli. Il y avait trois cars de police place de la Concorde. Les flics l'ont repéré. Un vent frais s'était levé, ils sont restés au chaud. Il a remonté les Champs-Élysées. À l'Étoile, il a pris l'avenue Foch. Il est arrivé rue de la Pompe. Il s'est garé sur le trottoir près des voitures ministérielles aux feux éteints. Dans l'obscurité de l'habitacle, les gardes du corps guettaient. Quand ils l'ont vu sonner à la porte de l'hôtel, les portières se sont ouvertes et ils se sont précipités sur lui.

Volvic tournait en rond dans un salon ovale beaucoup plus vaste que le bureau du président des États-Unis. Il ne comprenait pas comment elle avait pu l'entraîner jusqu'ici. Il se souvenait vaguement avoir entendu parler à la faculté de la fascination que les hystériques exercent sur les hommes. La psychiatrie ne l'avait jamais intéressé, elle lui avait toujours semblé sombre, glauque, pareille à une forêt hantée de farfadets et de fées maléfiques.

Il était coupé du monde. Il avait oublié son portable dans la poche de son manteau resté dans la voiture. Il ne se souvenait d'aucun numéro, et toutes ses connaissances étaient sur liste rouge. Grâce à un fixe posé sur un guéridon, il avait pu entrer en contact avec les renseignements. On l'avait mis en communication avec le Quai d'Orsay, mais le standard l'avait renvoyé sur la boîte vocale d'une attachée de presse. On avait raccroché quand il avait rappelé en prétendant qu'il était le ministre des lieux.

Il se souvenait de cet entretien téléphonique avec un chef d'État africain prévu à deux heures au ministère. Il était une heure et quart. Il devait partir tout de suite.

Marjorie a pénétré dans la pièce avec dans ses bras une longue gamine de neuf ans endormie. Elle en était embarrassée comme d'une carpette qu'on vient de rouler pour l'entreposer à la cave. Elle l'a tendue à Volvic qui l'a trouvée lourde.

– Je vais être obligé de vous laisser.

– Elle est énurétique.

– En tout cas, elle a un sommeil de plomb.

– Changez-lui sa couche. Moi, j'ai peur de lui faire mal.

Il a essayé de la lui rendre. Elle a reculé d'un pas pour parer le coup.

– Je vous en prie, après je ne vous demanderai plus rien.

Il l'a suivie jusqu'à une salle de bains grande comme un abattoir. Il a déposé la gamine sur une vaste table molletonnée où on aurait pu langer un cheval. Elle a ouvert un œil, elle a grommelé. Il lui a caressé la base du cou, comme le font les Asiatiques pour apaiser les nouveau-nés exaspérés par la mousson. Il l'a déshabillée. Il a jeté la couche souillée. Il l'a nettoyée avec des lingettes. Il a remonté le pyjama quand il a eu terminé.

– Maintenant, il faudrait peut-être la remettre au lit ?

– Vous avez raison.

Elle l'a précédé dans un long couloir aux murs couverts de dessins, dont certains lui ont rappelé la période cubiste de Picasso. Ils ont abouti dans la chambre de l'enfant. Une pièce envahie de jeux électroniques et de peluches en rangs serrés.

Une jeune fille se tenait à côté du lit. Elle se mordait la lèvre inférieure, et commençait même à sentir dans sa bouche le goût du sang. Le père n'était pas là, elle redoutait sa réaction quand il apprendrait que Marjorie avait permis à un étranger de manipuler sa fille.

Elle l'a arrachée des bras de Volvic. La petite s'est mise à pleurer comme un bébé. Elle l'a bercée en ployant sous son poids. Elle l'a déposée sur le lit, et elle s'est rendormie aussitôt.

Volvic était attendri.

– Une enfant bien tranquille.

Il se sentait malgré tout soulagé d'en être débarrassé.

– Je suis vraiment pressé.

Marjorie a hoché la tête, comme pour lui confirmer sa levée d'écrou. Il n'a pas voulu prendre l'ascenseur. Il l'avait trouvé poussif tout à l'heure, il avait même craint qu'il ne s'effondre avant d'arriver à l'étage.

Après l'avoir fouillé, les gardes du corps avaient libéré Tibère. Il avait sonné à plusieurs reprises, mais l'interphone était demeuré muet.

Volvic est sorti le premier. Craignant un photographe embusqué, il souriait de toutes ses dents. Il s'est jeté dans la voiture dont le chauffeur tenait la portière grande ouverte. Marjorie a frappé à la vitre, mais le convoi tout entier a démarré en trombe et elle n'a pas osé lui courir après.

Tibère était soulagé de la revoir. Il l'avait toujours crue assez fluide pour se dissoudre dans Paris et disparaître sans que jamais nulle part on retrouve sa trace.

– Je ne savais pas que tu le connaissais.

– Il m'a alpaguée à la Closerie.

Il ne lui a pas demandé ce qu'elle faisait là-bas. Elle ne l'étonnait jamais, il savait que ses neurones étaient connectés entre eux par un réseau de synapses beaucoup plus complexe que le sien. Cette organisation lui conférait une personnalité qui n'était pas seulement réversible, mais protéiforme, aléatoire, et il regrettait toujours d'avoir cru ses paroles définitives. Elles ne l'étaient pas davantage qu'un temps pluvieux, un orage, une éclaircie.

– Ramène-moi boulevard Raspail. Après, tu fileras chez ma sœur.

Elle a éclaté en sanglots.

– Ne pleure pas.

– J'ai mal.

Elle a levé la main droite. Elle avait enlevé le pansement là-haut. La brûlure ne la faisait plus souffrir, mais la terreur que la souffrance se manifeste de nouveau était assez forte pour lui causer une réelle douleur.

– Arrête-toi dans une pharmacie pour acheter de la morphine.

Il a garé le scooter devant une pharmacie des Champs-Élysées. Il est revenu avec un sachet blanc et vert. Il a ouvert la bouche de Marjorie, et lui a glissé sous la langue un comprimé oblong.

– Laisse-le fondre, et surtout ne le croque pas.

– C'est amer.

– Tous les opiacés sont amers.

En fait, le pharmacien n'avait consenti qu'à lui vendre des comprimés de nicotine destinés au sevrage des tabagiques.

Il a garé le scooter dans la cour.

– Tu vas chez ma sœur à pied ?

Il l'a poussée vers l'escalier. Elle a bredouillé, mais il a maintenu la pression sur le bas de son dos jusqu'à l'appartement. Ils se sont déshabillés en silence. Ils se sont endormis. Elle s'est réveillée trente minutes plus tard. Elle l'a secoué.

– Je ne me sens pas bien.

– Quelle heure il est ?

– Je m'en fous.

Elle a allumé la lampe.

– Tibère, c'est notre dernière nuit.

Il a mis la tête dans ses mains. La lumière l'éblouissait.

– On aurait pu se passer d'une dernière nuit.

Elle avait enfilé un jeans et un tee-shirt Orangina. Elle avait fait du thé. Elle l'avait mordu quand il s'était rendormi, et elle avait réussi à l'attirer au salon. Un peu hagard, il était affalé sur le canapé vêtu d'un vieux pull beige et d'un caleçon bleu.

– Je t'ai mis du lait.

Elle n'avait apporté qu'une tasse.

– Bois.

– Non.

Elle a porté la tasse à ses lèvres et a fait semblant

d'en boire une gorgée, comme on encourage un enfant qui ne veut pas manger sa soupe.

– Fous-moi la paix.

– J'ai fait ce thé pour toi. Moi, si je bois du thé après cinq heures de l'après-midi, je ne peux plus fermer l'œil pendant trois semaines.

– Remballe ton thé.

– Je ne veux pas que tu dormes.

Il s'est levé. Elle a posé les mains sur ses épaules.

– Laisse-moi passer.

– C'est notre dernière nuit, tu ne dois pas dormir. C'est comme une veillée d'armes.

Il a eu un petit rire, une sorte de toux.

– Demain, c'est la guerre. On va repartir, chacun de son côté. On va être seuls, tu comprends ? Quand on est deux, on est à l'abri. Mais quand on est seul, c'est la guerre. Les autres ne nous aiment pas. Pas comme on s'aime nous.

Elle a fait un petit bond sur le tapis, comme si elle avait commencé à sauter sur des mines.

– Calme-toi.

Elle a mis les bras autour de son cou, en serrant les lèvres chaque fois qu'il essayait de l'embrasser. Il l'a repoussée.

Il s'était enfermé dans la chambre. Il s'était étendu dans l'obscurité. Il ne comprenait rien à cette femme.

Elle avait peut-être deux cerveaux. Il existait bien des gens riches à la naissance d'un vagin et d'une verge superposés, avant qu'un chirurgien ne se charge du sacrifice afin d'assurer à la société la normalité de tous ses membres.

Elle avait peut-être une douzaine de petits cerveaux comprimés dans son crâne, qui réfléchissaient chacun dans son coin, et lui conféraient une personnalité cacophonique. Il n'existait aucun médicament qui puisse les désactiver après les avoir sondés un à un pour la laisser sous la gouvernance de celui qui se révélerait capable de la raisonner et de l'exhorter à continuer à vivre avec lui. Peut-être l'organe aurait-il pu aussi lui apprendre à l'aimer de cet amour apaisé et quotidien dont les gens apprécient le côté routinier qui permet à un couple de traverser la vie dans un train confortable où l'on se retrouve chaque soir au wagon-restaurant avant de passer la nuit sur la même couchette, au lieu de courir sur la voie dans l'air glacé, noyés dans la cohorte des célibataires tristes au point d'espérer arriver au plus vite à la dernière gare où les salles d'attente sont à ce point rectangulaires comme des tombes, qu'elles en sont.

Il l'entendait marcher. Elle remuait un tabouret dans la cuisine. Elle cassait une assiette. Elle cognait un balai contre la table. Elle le jetait par terre. Elle ouvrait le grand placard du couloir. Elle s'emparait de l'aspirateur, elle branchait la prise. Elle aspirait les débris, puis s'orientait vers la salle de gym, aspirait de-ci de-là, avant de changer de cap et de faire un grand ménage au salon. Il entendait la succion du tuyau entre les coussins du canapé, et l'armature de la table basse dont elle s'employait à débarrasser les rainures des moindres miettes de noix de cajou dont malgré son anorexie elle avait l'habitude de faire un usage immodéré en buvant du vin rouge devant la télé.

– Arrête ce truc.

Elle a donné des coups d'aspirateur contre la porte.

Il n'aurait pas dormi de toute façon. En réfléchissant aux cerveaux de Marjorie, il avait réveillé le sien.

Elle a ouvert la porte.

– Je ne veux pas que tu te rendormes.

Elle s'est engouffrée, traînant l'aspirateur qui bramait derrière elle. Du bout de sa trompe, il cherchait à se gaver de poussière jusqu'à en faire éclater son sac, et même à dévorer la moquette brin à brin pour satisfaire sa boulimie.

– Éteins ça.

– Lève-toi.

Il s'est levé d'un bond pour la tuer.

Marjorie avait éteint l'aspirateur, elle s'était repliée dans la salle de gym. Par couardise, Tibère s'était résolu à lui laisser la vie. Il était allé se servir un whisky au salon. Il s'était mis à bander. Elle n'avait sûrement aucune envie de faire l'amour. Il s'est dit que cette érection était perdue pour tout le monde.

On a sonné. On sonnait d'un doigt insistant. Tibère a ouvert. Il s'est trouvé en présence de Gauthier Volvic qu'il a reçu en caleçon, avec ce vieux pull qui flottait assez bas pour qu'on puisse imaginer qu'il ne portait rien dessous.

– J'aurais aimé dire un mot à Marjorie.

– Entrez.

Tibère l'a précédé. Marjorie était sur le vélo, immobile, la tête appuyée sur le guidon. Elle s'est dépliée quand ils sont entrés dans la pièce.

– Vous n'aviez pas un rendez-vous téléphonique avec l'Afrique ?

– Il y a eu un putsch là-bas vers minuit, le chef d'État a été lynché. D'après nos informations, il est dans un état désespéré.

– Merci d'avoir changé la couche de Jules.

– Mais, c'est une fille, il me semble ?

– Je plaisantais.

Marjorie a haussé les épaules. Elle n'avait que faire de passer auprès de lui pour une mère indigne.

– J'ai eu votre adresse par les Renseignements intérieurs, ils ont tracé le coup de fil que vous avez passé de ma voiture. Je voulais simplement m'assurer que vous étiez bien rentrée. Je suis parti si précipitamment.

Tibère avait parfois un côté mondain.

– Asseyez-vous, Monsieur le Ministre.

Volvic a été vexé de se mettre à rougir. Il a pris place délicatement sur le petit lit, entre les deux casques dont il a imaginé un instant qu'ils contenaient des têtes.

– J'ai toujours milité pour l'abolition de la peine de mort.

Tibère et Marjorie lui ont souri, comme à un lunatique dont on craint le déclenchement d'un délire.

Volvic ne comprenait pas pourquoi il était venu ici. Il aurait dû l'oublier au moment où il avait quitté la rue de la Pompe. Il n'en était pourtant pas tombé amoureux, et loin de le bouleverser, le bleu de ses yeux lui rappelait cette eau turquoise des toilettes du ministère qui patientait au fond des cuvettes avant de verdir au premier jet.

Il ne lui trouvait vraiment aucun charme, et il ne comprenait pas pour quelles raisons troubles il avait éprouvé l'irrésistible besoin de la revoir. Peut-être en avait-il peur, comme on a peur de se rapprocher du bord d'une falaise, et qu'il était justement venu pour éprouver cette sensation de vertige.

Marjorie se demandait si Volvic allait leur proposer une partouze improvisée, ou une pyjama-partie avec bataille de polochons et de pistolets à eau. Le ministre regardait la pointe de ses chaussures, et par réflexe il a mouillé son index pour atténuer une petite éraflure consécutive à un faux pas qu'il avait fait en montant l'escalier.

Il a levé les yeux.

– Je dois rentrer au Quai d'Orsay. J'ai rendez-vous avec un dirigeant chinois qui doit décoller pour Washington au petit matin.

Marjorie lui a proposé de boire un verre.

– Pour des raisons d'hygiène de vie, depuis des années je ne bois plus rien.

– Vous avez peur de hâter votre fin ?

– En quelque sorte. Pour être franc, je ne voudrais pas qu'une maladie mortelle vienne donner un coup d'arrêt brutal à ma carrière.

Marjorie a regardé Tibère avec un petit sourire de connivence dont elle ne l'avait plus gratifié depuis longtemps.

– Vous savez, j'ai entendu parler de l'au-delà comme tout le monde. J'en ai même discuté à Istanbul l'automne dernier avec le pape en visitant la Mosquée bleue. Il ne m'a guère convaincu. J'avais l'impression d'être en présence d'un représentant en produits financiers qui essaierait de me vendre un contrat d'assurance vie. Et puis, je dois l'avouer, je n'ai jamais compris quel genre de chose pouvait être Dieu.

Tibère a tenté de l'éclairer.

– C'est une sorte de notion, comme l'éternité.

Volvic a fermé un instant les yeux.

– C'est tentant, l'éternité.

– Un vrai champ de neige au soleil levant.

– J'aime beaucoup le ski. Mais en cas de jambe cassée, ou de coccyx pulvérisé.

Le ministre a ri, et ses lunettes sont tombées sur le bout de son nez.

– En cas d'accident, je serais ridicule avec mes béquilles.

Marjorie l'a rassuré.

– Pas de danger de se casser la gueule dans l'éternité.

– Je dois aller retrouver mon Chinois.

Le ministre s'est redressé lentement avec de légers à-coups, comme s'il avait un système de roues dentées en place de colonne vertébrale. Il a reculé vers le couloir sans quitter des yeux Marjorie. Tibère a essayé de le mettre à son aise.

– Vous pouvez l'embrasser.

Il a hésité, il a même levé un instant la jambe droite comme s'il voulait revenir vers elle.

– Non, c'est gentil. Une autre fois.

– Je ne parlais pas d'un baiser sur la bouche.

– De toute façon, je n'aime pas beaucoup le goût de la salive des autres.

Il a pivoté autour de son axe. Il a fait une multitude de petits pas nerveux et véloces. On l'a entendu ouvrir la porte, et descendre les marches en chaloupant comme un danseur de tango.

Depuis vingt minutes, les voitures stationnaient en file indienne devant l'immeuble. Elles ont démarré comme un seul homme quand le ministre a été assis à l'arrière de la Citroën. Il n'était pas encore trois heures, le Chinois n'arriverait pas avant quatre heures du matin. Il avait bien le temps de méditer sur ses fins dernières. Pour oublier la mort, il suffisait peut-être de s'y intéresser une bonne fois pour toutes, comme on oublie si aisément un rendez-vous lointain une fois qu'on l'a dûment noté sur son agenda, en précisant l'adresse, et la durée prévisible de l'entrevue. Il la craignait car il l'avait toujours imaginée noire, visqueuse comme un bourbier sans fond qui l'attendait pour le gober.

– Pourquoi ne serait-elle pas blanche et rosée comme un champ de neige au soleil levant ?

– Je passe par où, Monsieur le Ministre ?

Boris avait cru entendre un nom de lieu. Un village à l'appellation interminable, une rue titrée, avec un nom à rallonge de duchesse ou de reine orientale traduit par un de ces poètes symbolistes dont il avait entendu parler dans un documentaire sur les lectures des retraités.

– Vous vous garerez d'abord devant le cimetière Montmartre.

– Et après ?

– Après, nous irons en Chine.

Boris n'avait jamais aimé l'humour, son père lui avait confié jadis avoir entendu dire qu'il avait été inventé en Angleterre par des collégiens pervers qui s'ennuyaient un soir dans un dortoir d'Eton, entre deux parties de cricket et trois sodomies entre potes. Cette histoire de Chine devait renfermer un tiroir secret, et il refusait de faire violence à son bon sens pour essayer de découvrir ce qu'il y avait dedans.

– J'ai comme une envie de cimetière.

Il était bizarre, ce ministre. D'une façon générale, Boris n'aimait ni les politiciens ni la démocratie. Il admirait les dictateurs, même Staline qui avait eu pourtant des positions ouvriéristes trop progressistes à son goût. Il pouvait se flatter de n'avoir jamais cédé à la tentation du suffrage universel, et de n'avoir jamais éprouvé de compassion que pour lui-même les jours de lumbago.

Sa femme était partie l'année précédente avec un cousin qu'il avait toujours soupçonné d'être altermondialiste. À présent, il jouissait d'être seul décideur chez lui.

Les placards ne s'ouvraient jamais sans son accord, la confiture d'abricots patientait dans son pot des semaines entières si l'envie lui prenait de bannir les tartines de son petit déjeuner pour accorder ses faveurs aux rillettes, et quand il décidait de maintenir les fenêtres fermées, le vent en était réduit à rester dehors. Il savait qu'il n'était pas fou, et chaque matin il voyait dans sa glace son regard terne, deux pincées de sable gris, qui ne brillerait jamais comme ceux des hallucinés qu'il avait vus dans un reportage démagogique sur le prétendu génie des cinglés.

Il a stoppé devant la grille du cimetière. Le ministre est sorti de la voiture. Il l'a vu sonner à la porte d'une maisonnette qui semblait être celle des gardiens. À l'étage, une lumière a fini par s'allumer, et quelques minutes plus tard une silhouette tout échevelée a fait son apparition. Elle a braqué sur lui une lumière, comme si elle cherchait à l'identifier. Puis elle est retournée à l'intérieur, et en est ressortie avec une clé assez volumineuse pour ouvrir le portail de l'enfer.

Quand la silhouette a eu ouvert la grille, le ministre a pénétré dans le cimetière obscur. Boris a pensé que ses idées républicaines lui étaient montées à la tête comme un seau de vodka, et qu'il allait dire une messe noire sur la tombe de Dalida, une chanteuse progressiste que ses convictions socialistes avaient acculée au suicide.

Il a allumé la radio, et abaissé son siège en soupirant pour essayer de soulager ses vertèbres tassées par des années de conduite.

Marjorie s'était recouchée dès le départ du ministre. Sur le chemin de la chambre, elle avait fait une déclaration dont la banalité dissimulait des soubassements métaphysiques.

– Demain, il fera jour.

Tibère l'a entendue se jeter sur le lit qui a grincé pour la première fois de sa vie. Il s'est dit qu'il était temps de le remplacer. Il n'avait plus sommeil. Il s'est assis sur le canapé pour finir le whisky qu'il s'était versé tout à l'heure.

Une église a sonné dans le silence. Il n'aurait su dire où elle se situait. Peut-être une simple chapelle en étage, qui avait mis un baffle sur sa terrasse. Le genre d'officine mégalomane qui se prend pour une cathédrale.

Il a bu la dernière gorgée. L'alcool ne l'endormait pas, en revanche l'herbe avait le mérite de l'assoupir. Il lui en restait un peu planquée à la cuisine dans une enveloppe scotchée sous l'évier par crainte que

Marjorie ne la lui fume. Mais il a eu beau retourner tout le salon, il n'a pas réussi à mettre la main sur la moindre feuille. Il a pensé à découper un morceau de journal, puis il a eu l'idée d'arracher la page de garde d'un volume des œuvres complètes de Balzac dans la Pléiade, qu'un ami directeur de collection chez Gallimard avait dérobé au service de presse pour se débarrasser sans bourse délier de l'obligation d'apporter une bouteille lors d'une fête qu'ils avaient organisée boulevard Raspail.

Il s'est aperçu que Marjorie avait eu la même idée que lui, car les dix premières pages manquaient à l'appel. De toute façon, hormis des rapports et des modes d'emploi, il ne lisait jamais rien, et Marjorie lisait si peu, qu'il s'était toujours demandé si depuis la fac elle n'avait pas oublié l'alphabet. Ce type s'était vraiment conduit comme un parfait goujat en leur jetant au travers de la gueule ce machin qui ressemblait à un missel.

Le papier avait le mérite d'être fin, et de se laisser rouler avec servilité. Tibère a remplacé la colle par un peu de salive. Le temps de quelques bouffées, le joint s'est laissé fumer tant bien que mal. Quand la salive a été sèche, il a commencé à se déliter. L'herbe incandescente est tombée sur le tapis. Il l'a écrasée avec le cul du verre, en maudissant les éditeurs qui n'avaient même pas la générosité de mettre à la fin de leurs ouvrages quelques pages de papier gommé.

Il a ouvert la fenêtre. La nuit continuait sa route. Il avait l'impression qu'elle le traînait derrière elle la corde au cou comme un Occidental malchanceux que des islamistes transfèrent d'une cache à l'autre.

Le ministre marchait d'un bon pas entre les tombes, satisfait d'oxygéner ses poumons dans ce havre de paix et de verdure en plein cœur de la ville. Les croix se détachaient à contre-jour dans la lumière du clair de lune. Il aurait aimé croiser des fantômes, et les traverser de part en part comme des morceaux de brouillard. Il se sentait d'humeur badine, et cette nuit la mort ne l'effrayait pas davantage que les petits squelettes qu'au Mexique on offre aux enfants en guise de jouets.

Et puis, il y avait l'éternité, ce carré VIP où des anges faisaient la porte, ne laissant entrer que l'élite des morts. Il s'imaginait accoudé au bar, discutant avec un défunt président de la République, ou René Laennec, Benjamin Constant, et peut-être même Jules César qui lui raconterait la guerre des Gaules, en vidant de temps à autre une coupe de Dom Ruinart pour s'éclaircir la voix. L'éternité était une fête à laquelle il serait convié avec les quelques people qui valaient la peine d'être sauvés.

Il s'est arrêté devant une tombe. Il s'est assis sur la dalle. Il a trouvé que sa position avait un côté à la fois désinvolte et shakespearien. Une certaine élégance, comme le costume en alpaga qu'il avait endossé en fin d'après-midi.

Il a pris la décision de faire un testament pour demander à être embaumé. Il exigerait aussi d'être filmé dans son cercueil. Un mouvement de caméra sobre, pas de zoom, un travelling avant en plongée. On pourrait fixer l'appareil sur un câble pour qu'il glisse lentement des hauteurs du funérarium, et qu'en bout de course l'objectif vienne lécher son visage du bout de sa lentille. Un dernier baiser, une manière pour les médias de lui dire adieu, et de garder un dernier souvenir de lui dans les soutes de leurs vidéothèques.

Il n'avait rien contre sa femme, une grande perche quadragénaire qu'il avait épousée pour ses fesses pommées qui lui rappelaient les siennes quand il était petit. Du temps où il couchait encore avec elle, combien il avait joui en ayant chaque fois l'impression de se pénétrer lui-même. Un cas d'autosexualité étrange, qu'il avait inventé et qui disparaîtrait avec lui. Il a souri, satisfait de s'être montré audacieux, créatif, jusque dans sa manière de faire danser son pénis dans le cul d'une femme.

Il n'avait vraiment rien contre elle, mais elle avait

beau porter si dignement ses fesses et avoir fricoté dans sa jeunesse avec les mathématiques jusqu'à commettre un petit livre sur le difféomorphisme Anosov qui aujourd'hui encore faisait autorité dans le monde scientifique, il ne donnait pas cher de son éternité, et il l'imaginait jetée dans le néant par les anges. Comme la plupart des gens ordinaires, elle avait intérêt à vivre longtemps, car pour elle la mort reviendrait à être foutue à la poubelle, pareille à une banane qu'on a trop vue brunir dans la corbeille à fruits, qu'on balance aux ordures avant qu'elle ne pourrisse.

Il éprouvait du chagrin pour elle.

– Mais pas de passe-droit dans l'au-delà.

Un de ces jours, il lui annoncerait avec précautions qu'elle ne devait pas s'attendre à se réveiller après son décès. Elle n'était qu'un être passager, comme les papillons, les mouches et les coléoptères.

Elle le trompait depuis trois ans avec un amant aveugle. Un ancien pilote de ligne qui avait perdu la vue à la suite d'un détournement. Quand on avait donné l'assaut et jeté des fumigènes jusque dans le cockpit, il en avait reçu un en pleine face. À présent, il s'occupait comme il pouvait en apprenant le braille, et en baisant sa femme à tâtons pour essayer de se constituer point par point une image d'elle en trois dimensions.

En mari attentif, le ministre avait proposé à l'automne à son épouse de l'envoyer en cure de jouvence dans une clinique suisse où des médecins pratiquaient l'injection de cellules fraîches depuis des décennies. Elle avait décliné son offre, pensant probablement que cela aurait été gâchis de chercher à améliorer son apparence pour les beaux yeux d'un non-voyant. Du reste, ces derniers temps elle ne prenait même plus la peine de se maquiller, et elle ne faisait plus teindre ses cheveux qui commençaient à blanchir.

– Une femme pragmatique, qui n'aime pas perdre son temps.

Il a repris sa marche parmi les squelettes qui lui souriaient sans doute du fond de leur cercueil telle une foule de courtisans. Il était de charmante humeur, la mort lui paraissait une perspective encore très lointaine, mais excitante comme un voyage dans l'espace.

Tibère toussait. Il avait déposé les restes du joint dans le cendrier. L'herbe était vieille, il se souvenait l'avoir achetée deux ans plus tôt à un dealer qui avait établi pour un soir son échoppe dans une cabine téléphonique de la rue d'Assas. Le papier n'était pas non plus de premier choix pour ce genre d'usage, et se rappelant avoir vu dans son enfance une adaptation des *Illusions perdues* à la télévision, il lui semblait tousser petit à petit tout Lucien de Rubempré, en commençant par ses bottes éculées, ses bas troués, et sa culotte de drap noir luisante d'usure. Il n'en serait quitte que lorsqu'il aurait enfin expectoré son haut-de-forme cabossé et boueux d'être si souvent tombé dans le ruisseau à force d'avoir été mis bas d'un coup de canne par les créanciers accrochés à ses basques.

Marjorie s'était levée. Elle est entrée au salon.
– On dirait que quelqu'un a fumé.

En reniflant dans son sommeil l'odeur de l'herbe, elle avait dû rêver qu'elle tirait à pleine bouche sur un joint long, transparent, et fin comme le tuyau de sa perfusion. Elle s'était réveillée au moment où Tibère s'apprêtait à cracher un à un les boutons du gilet de ce pauvre Rubempré.

– Tu as rêvé.

Elle a remarqué le mégot dans le cendrier. En soupirant, il lui a tendu l'enveloppe.

– Où tu l'avais cachée ?

– Je l'ai trouvée sur le palier, elle sera tombée de la poche de ton copain Volvic.

– Tu gardes toujours le meilleur pour toi. S'il y avait une famine, tu tremperais ta main dans mon assiette pour voler ma ration.

Elle a arraché une page au Balzac. Puis, elle s'est souvenue qu'elle avait acheté du papier l'avant-veille. Elle l'a retrouvé au fond de son sac à main.

– Et au lit, tu ne penses qu'à ta bite. Tu t'en fous bien de mon corps, si tu pouvais tu l'effacerais et tu ne garderais que ma chatte, mon cul, mes mains et ma bouche.

– Je ne savais pas que tu te souvenais de ma bite.

Elle a allumé le joint qu'elle venait de rouler. On aurait dit une survivante à qui les sauveteurs tendent un masque à oxygène.

– Tu crois que les femmes se nourrissent de sperme ?

– Depuis un an et demi, tu serais morte de faim.

– Tu veux dire quoi ? Tu insinues ?

– On ne va pas parler de sexe cette nuit.

– J'adore parler de sexe.

– La masturbation t'inspire ?

En une interminable bouffée elle a grillé un centimètre de joint.

– Je pense au sexe plusieurs fois par jour.

Il lui arrivait même de se réveiller en sursaut, et de glisser sa main entre ses cuisses. Son vagin lui venait alors à l'esprit, comme s'il était devenu une idée lumineuse dans l'obscurité de la chambre. Elle se disait qu'il avait une signification, un sens caché, comme ces hiéroglyphes auxquels pendant des siècles l'humanité ne comprenait plus rien. Il suffisait de le déchiffrer, de le traduire, et en définitive de le résoudre comme dans son enfance elle avait si souvent trouvé la réponse à des rébus qui laissaient ses copines sèches. Elle se sentait une âme de Champollion. Elle ne doutait pas que son organe se révélerait dans les années à venir la pierre de Rosette de la sexualité féminine.

– Le sexe est un problème dont je viendrai à bout.

– On pourrait faire l'amour ?

Elle a pointé le joint dans sa direction.

– Tu es trop sexuel.

Elle l'a écrasé comme un petit bout de pénis auquel elle aurait voulu river son clou.

– Vraiment, trop sexuel.

– Oui, comme tes sex-toys.

– La masturbation est moins sexuelle que le sexe. Elle n'est pas sexuelle. C'est une réflexion.

– Ah, oui.

– C'est une méditation. Elle permet de plonger à l'intérieur de sa sexualité, et d'essayer de découvrir ce qu'il y a tout au fond. C'est comme le yoga, la prière. Tu n'es jamais allé à la messe ?

– Il y a quinze ans pour le mariage d'une cousine qui s'était mariée avec le petit-fils de Walt Disney.

– Tu n'es même pas circoncis.

– Je ne vois pas le rapport.

– Tous les Américains le sont.

– Et alors ?

– Si tu n'avais plus de prépuce, ta bite pèserait moins lourd.

Il s'est servi un grand verre de whisky. Il l'a emporté aux toilettes.

– Le Noiche. J'allais oublier le Noiche.

Il serait bientôt l'heure de recevoir ce dirigeant chinois jaune comme un canari encrassé par une retraitée qui lui soufflerait du matin au soir la fumée de ses Marlboro dans la gueule. Volvic était content de maîtriser le verlan. Une langue de jeunes, une langue qu'il imaginait qu'on parlait couramment dans les banlieues, comme on parle l'anglais à Londres et l'espagnol à Madrid. Il se voyait à La Courneuve, sympathisant avec toute cette population vêtue de joggings volés dans des hypermarchés, et chaussée de Nike tombées du camion. Des hommes violents, des femmes voilées, dont la peau avait une couleur de chocolat ou de caramel au lait. Il les aimait sans les avoir jamais vus, des gens de peu, des gens de rien, qui constituaient depuis longtemps un vivier où l'on pouvait pêcher, selon les besoins d'une loi répressive ou d'un émouvant passage à la télé, une paire de parfaits voyous ou une veuve méritante qui élevait sévèrement sa marmaille pour en faire des cadres moyens. Il saurait les séduire en parlant leur patois, et il leur prescrirait des pommades pour soigner toutes ces maladies de peau que la misère charrie avec la honte.

– Le Noiche, le Noiche de chez Noiche.

Le verlan était après tout une langue noble, c'était une langue de pauvres. Il respectait les pauvres, dans sa jeunesse ils lui avaient beaucoup apporté. Ils l'avaient élu député à trente ans dans une circonscription déshéritée du nord de la France où on l'avait parachuté. Tout au long de sa campagne, il avait eu l'impression de parler à des canassons à qui des vétérinaires idéalistes auraient essayé d'inculquer le langage pour améliorer la race chevaline. Ils avaient une sorte d'accent terreux, et quand ils essayaient de s'exprimer, les phrases sortaient de leur clapet comme du crottin.

N'empêche que les tombes se ressemblaient. Il aurait voulu pouvoir être enterré à son domicile de la rue du Four. Le mieux aurait été de transformer l'ascenseur en monument funéraire. Une tombe qui passerait son temps à monter et descendre.

– Les copropriétaires n'auront qu'à prendre l'escalier.

On viendrait la voir du bout du monde, et post mortem, cadavre mais toujours dandy, il lancerait la mode des tombes mobiles. Les grands de ce monde iraient jusqu'à transformer des trains en longs tombeaux qui parcourraient l'Europe en boucle de Paris à Irkoutsk au fin fond de la Sibérie. Ils ne s'arrêteraient que tous les dix ou vingt ans pour l'inhumation d'un proche qui aurait l'insigne honneur de reposer dans un compartiment voisin. Mais certains se contenteraient d'un catafalque traîné par un tracteur, par un âne, tandis que d'autres plus fortunés les nargueraient étendus dans leur jet équipé d'un moteur fonctionnant à l'énergie solaire, et téléguidé depuis le sol par un ordinateur commercialisé par une entreprise de pompes funèbres de Cupertino. Les plus nostalgiques paraderaient entre deux domestiques en livrée dans leur cercueil brinquebalant sur le toit d'une chaise à porteurs.

Il se trouvait un peu fou. Les génies savent jeter parfois leur sagesse par-dessus les moulins comme les filles d'autrefois leur vertu d'un même mouvement que leur culotte en dentelle. Il reconnaissait qu'il avait une âme d'artiste, et quand il lui arrivait de confectionner un plat, l'été, dans sa villa de Ramatuelle, tout le monde l'applaudissait d'avoir eu cette idée originale de fixer avec une épingle à bigorneau, une fraise au bout du manche du gigot.

Il quittait le cimetière en baguenaudant de tombe en tombe. Il caressait la croupe des rares statues, et il tapotait les dalles comme pour dire au revoir aux malheureux crevés dans leurs boîtes. Il se promettait de revenir pour peu à peu apprivoiser la mort, et la séduire comme la première pétasse venue. Il avait toujours été un séducteur, et si le chirurgien du Val-de-Grâce ne l'avait pas massacré l'an passé en l'opérant de la prostate, il aurait continué à perforer la gueuse comme le robuste vilebrequin qu'il avait toujours été depuis ses quatorze ans.

– Un vilebrequin.

Il pensait qu'il était en réalité une véritable usine. Les idées sortaient à une cadence infernale de ses ateliers. Des idées brillantes, galbées, fonctionnelles, prêtes à être diffusées et ingurgitées comme de la marmelade de pensées. Des idées assimilables par les plus diplômés, et par les crétins à la tête vide comme le ballon de foot qu'ils suivaient des yeux chaque dimanche assis sous la pluie dans le stade pourri où ils supportaient de tout leur cœur l'équipe du coin pour donner un sens à leur vie.

Il ne méprisait personne, mais un rez-de-chaussée sera toujours un rez-de-chaussée dont la vue demeurera à jamais bornée par le mur d'en face. D'autres habitaient les étages élevés, jouissaient de larges fenêtres ouvertes sur la cité, et parfois même d'immenses terrasses d'où ils contemplaient si loin l'horizon, qu'ils pouvaient distinguer la courbure de la terre.

Il a rejoint sa voiture, laissant derrière lui cette mort dont il n'avait jamais imaginé qu'elle lui laisserait entrevoir une perspective inattendue de promotion et de nouveaux plaisirs mondains.

– Boris, au Quai d'Orsay.

Le gardien du cimetière a regardé le convoi ministériel disparaître au coin de la petite rue. Il a fermé le portail, et il est retourné se coucher en reniflant, furieux d'avoir attrapé froid en attendant que le ministre ait terminé sa promenade pédestre dans ce cimetière où faute d'être riche il ne pouvait espérer se faire enterrer un jour.

– Elle est beaucoup trop grosse. Je t'aime, mais on ne peut plus faire l'amour. C'est devenu impossible. Je suis vraiment désolée.

Tibère était revenu des toilettes. Il s'était assis sur le canapé en étirant bras et jambes. Marjorie lui avait reproché de déplier son grand corps d'homme, comme pour lui infliger l'érection de ses quatre membres. Elle n'en pouvait plus de ses érections, elles avaient pris trop de place dans leur vie.

– Si tu devenais impuissant, nous serions heureux.

– Nous ne sommes pas heureux ?

– Je n'ai pas envie de plaisanter, pas cette nuit. Essaie au moins de prendre une résolution, de faire un effort.

Tibère avait fermé les yeux, mais il continuait quand même à l'entendre.

– Tu pourrais au moins devenir éjaculateur précoce ?

Un cerveau dissident avait dû prendre le pouvoir en elle. Un minuscule petit pois vert de rage, aux neurones si rares qu'il était incapable de raisonner, et balançait au hasard des phrases dont il fauchait les mots à ses confrères endormis.

– Il y a des éjaculateurs précoces qui jouissent avant même d'entrer dans le lit. Ils jouissent sur la moquette, ou sur le carrelage de la salle de bains en se brossant les dents. Ils vont jusqu'au bout de leur désir, mais sans causer aucun désagrément à leur compagne. Ils ne lui imposent pas leur bite.

– Tu n'aimes plus ma bite ?

– Je l'aime. Mais je n'en veux plus.

– Pourquoi ?

– Elle est vraiment trop grosse.

S'étant servi un nouveau whisky, Tibère était retourné aux toilettes. Il était nerveux, il se trémoussait et le couvercle remuait avec ses fesses. Il ne comprenait pas pourquoi, après plus de neuf ans de vie de couple, Marjorie jetait entre eux son pénis comme un insurmontable obstacle. Il en avait vu souvent dans des vestiaires, et objectivement le sien n'était qu'un petit soldat, un sous-officier tout au plus, mais certainement pas un grand général qui dominerait de toute sa hauteur l'innombrable armée des bites.

Il a vidé son verre. Il l'a posé sur la tablette surchargée de vieux catalogues Habitat et de *Pariscope*. Il s'est levé, et il a extrait très délicatement de son caleçon cette pièce à conviction sur laquelle reposait tout le chef d'accusation du procès que lui intentait Marjorie. Un sexe d'une couleur banale pour un homme blanc, le bleu des veines perdu au milieu de la peau brune. Mais le coloris lui convenait, en tout cas jusqu'à présent elle ne lui en avait pas fait grief. Et puis, au repos il était à peine plus long qu'un index, et son épaisseur ne devait pas dépasser deux fois celle d'un pouce.

Il n'allait tout de même pas demander à un géomètre expert de le mesurer comme un terrain, pour qu'il puisse par la suite comparer sa propriété avec celle des autres citoyens en potassant d'improbables statistiques sur le site de l'Insee. Il vaudrait mieux qu'elle admette une fois pour toutes qu'un pénis n'avait qu'un rapport lointain avec un clitoris, et que pour remplir sa mission il devait avoir une certaine ampleur.

Elle a frappé à la porte.

– Tibère, qu'est-ce que tu fais ?

– Rien, je bois un verre.

– Sors, sors immédiatement.

Il a ouvert, il lui a tendu le verre par l'entrebâillement.

– Un autre.

– Il faut qu'on parle.

– Un autre whisky.

Elle a pris le verre qui s'est brisé quand elle l'a eu jeté par terre.

– Si tu continues, je ne t'aimerai plus. Je romprai, je romprai comme tout à l'heure. Mais cette fois, je romprai parce que je ne t'aime plus. Ce n'est pas parce que je t'aime trop que je ne peux pas m'arrêter de t'aimer. Quand on aime à la folie, quand on aime à l'infini, et qu'on décide de ne plus aimer, on aime encore moins que si on n'avait jamais aimé. Si je ne t'aimais plus, je ne t'aimerais tellement plus, que je ne t'aimerais même pas autant que lorsque je ne te connaissais pas. Mon amour pour toi gèlerait, il serait plus froid que la banquise, et les souvenirs que je garderais de toi seraient pris dans la glace comme des cadavres d'explorateurs disparus il y a cent cinquante ans, et dont personne ne se souvient plus.

– Qu'est-ce que tu racontes ?

– Même pas la banquise.

Elle devait avoir quelque part dans le bric-à-brac entassé dans son crâne, un mauvais poème en prose dont une page venait de tomber de sa bouche.

– Je refuse que tu te saoules tout seul dans les chiottes.

Il n'a pas osé lui demander d'aller chercher la bouteille et de s'enfermer avec lui pour la boire. Il était trop cartésien pour envisager sérieusement une équipée aussi bizarre. L'exiguïté du lieu les aurait contraints à boire dans les bras l'un de l'autre. Une perspective qu'il considérait par ailleurs peu glamour.

Le ministre détestait son bureau du quai d'Orsay. Il avait fait une demande auprès des Monuments historiques, pour qu'on lui accorde le droit de racler tous ces ors, toutes ces fresques, et de bazarder ces vieilles fenêtres pour les remplacer par de larges ouvertures donnant sur des jardins suspendus. Une piscine aurait été la bienvenue au milieu d'une petite forêt de palmiers plantés dans des vasques de terre cuite. Ses homologues en visite auraient pu évacuer leur stress en faisant quelques brasses entre deux discussions sur la troisième guerre mondiale que beaucoup de chefs d'État désiraient secrètement depuis le premier choc pétrolier de l'automne 1973, dans l'espoir d'un nouveau partage de Yalta qui permettrait à l'Occident de faire main basse sur toute l'énergie de la planète. Il les emmènerait ensuite déjeuner à l'Élysée, et le Président s'amuserait de leurs cheveux encore humides dont l'odeur de chlore flotterait dans l'atmosphère, supplantant celle du carré d'agneau aux figues rôties et sacquant le bouquet des bourgognes.

Un rêve. Les Monuments historiques renâclaient, et il serait sûrement victime d'un remaniement avant qu'il ne puisse le réaliser. En signe de protestation, il ne mettait plus les pieds dans son bureau. Il menait au quai d'Orsay la vie d'un nomade, s'installant au gré de ses humeurs dans les pièces de réception du rez-de-chaussée, ou dans une des nombreuses bibliothèques où il avait découvert un jour, parmi des comptes rendus de séances à l'Assemblée datant de la fin du XIXe siècle, une édition en peau de chagrin des œuvres de Sade, illustrée de gravures d'une telle pornographie qu'il avait éprouvé une immense satisfaction en prenant conscience que, par comparaison, sa propre vie sexuelle avait toujours été merveilleusement saine et bonne à donner en exemple aux générations futures. Il avait même envisagé un instant d'écrire un traité d'érotisme, mais il avait craint d'être moqué, et de risquer d'être accusé d'avoir été un petit vicieux s'il racontait l'aventure qu'il avait eue à huit ans avec une voisine de quinze mois sa cadette.

Cette nuit-là, il s'était réfugié dans un boudoir du premier étage qu'il avait découvert par hasard le mois précédent. L'ameublement et les tentures étaient de style rococo, un ministre de la Belle Époque avait dû le faire décorer pour y recevoir sa maîtresse. Il avait dit à

Gédéon, jeune attaché de permanence, d'introduire ici le dirigeant chinois quand il se pointerait avec son traducteur. Le type serait sûrement étonné qu'il le reçoive comme une putain, mais les Asiatiques n'avaient jamais rien compris à l'Occident. D'ailleurs, à soixante-neuf ans, il pouvait se permettre de traiter de haut ce malandrin qui d'après ses fiches n'avait même pas atteint la cinquantaine. Et puis, son bureau était écouté, les moindres paroles qu'on y prononçait filaient jusqu'à Matignon. Le lendemain, le Premier ministre riait à gorge déployée en répétant ses bévues, et il passait pour un imbécile qui faisait de Confucius un philosophe japonais.

On a frappé à la porte.

– Entrez.

– Monsieur le Ministre, l'ambassade de Chine a appelé pour annuler le rendez-vous. Aucune raison n'a été donnée.

– Une indigestion de riz cantonais.

– Monsieur le Ministre ?

– Aucune importance.

– J'ai préparé votre discours pour l'inauguration de mercredi prochain.

– Quelle inauguration ?

– L'inauguration de la nouvelle prison de Nancy. Le garde des Sceaux sera en Irlande ce jour-là, et il vous a demandé la semaine passée de le remplacer.

– Ils ne pouvaient pas se contenter du préfet ?

– Le président du conseil régional a insisté pour qu'il y ait un ministre.

– Ils auraient dû envoyer le ministre délégué à la Jeunesse et aux Sports.

– Il sera ce jour-là en Irlande avec le garde des Sceaux.

– Bonne nuit, Gédéon.

Le ministre s'est servi de sa main comme d'un tourniquet pour lui signifier son agacement. L'attaché a quitté la pièce.

Il se demandait pourquoi on lui avait collé ce ministère minable. Il en avait assez de passer son temps à recevoir des diplomates bigarrés, dont le défilé lui donnait l'impression de feuilleter au fil des jours un catalogue de tissus d'ameublement.

Tibère était sorti des toilettes. Il avait parlé d'aller se coucher, mais Marjorie lui a fait remarquer qu'il était trois heures et demie du matin.

– On se couchera demain soir.

– Pourquoi pas la semaine prochaine, ou dans cinq ou six ans ? Histoire de se reposer d'avoir vieilli ?

Il s'était allongé sur le lit. Elle avait rallumé trois fois la lumière.

– Dans l'obscurité, je ne te vois pas.

– Tu m'as assez vu.

– Je veux te regarder.

Elle avait passé sa main dans sa chevelure clairsemée. Elle l'avait promenée sur son visage. Elle aurait voulu pouvoir le capter, le garder en elle, et être sûre de ne jamais manquer de lui. Elle serait sûrement obligée de s'en séparer, car elle n'avait pas assez confiance en elle pour ne pas craindre de l'abîmer, de le briser un jour, comme elle avait brisé le verre tout à l'heure. Les hommes ne l'avaient jamais comprise, ils ne savaient pas qu'une femme qui aime quelqu'un le quitte.

Elle préférait le conserver en elle, intact dans un souvenir de cristal rangé dans sa mémoire qui le protégerait comme un écrin. Et puis, à l'air libre les hommes finissent par s'éventer comme le parfum, ou par avoir le goût aigre d'un vin dont on a mal rebouché la bouteille. Alors que son crâne était étanche comme un bathyscaphe.

Il a compris qu'elle ne le laisserait pas s'endormir. Si au moins elle avait voulu quelque chose, mais elle ne voulait rien. Sa vulve était ailleurs, elle devait habiter un autre immeuble, un autre pays. Elle vivait solitaire au milieu d'une ménagerie de sex-toys, autrefois affreusement nommés godemichés et méprisés même des femmes qui en faisaient un usage quotidien. Elle occupait une grande maison vide, avec juste un matelas dans chaque pièce, où un de ces jouets l'attendait énamouré, comme jadis les concubines disséminées dans les chambres du harem attendaient des mois entiers que le sultan leur fasse l'honneur de les visiter. Des concubins en quelque sorte, à la peau dure, et parfois du même jaune que les fruits des citronniers du patio du palais de Topkapi. Sa vulve se donnait à eux lors de fêtes tristes, où elle finissait pourtant par se donner tout entière, jusqu'à atteindre un orgasme immense et vide.

La masturbation n'est pas toujours une histoire d'amour, et les fantasmes n'ont pas la peau tiède des amants.

– On pourrait décider de se quitter dans un mois.

Marjorie lui souriait, comme une gamine qui pense avoir eu une bonne idée.

– Ce sera comme les gens qui savent qu'ils n'ont plus que quatre ou cinq semaines à vivre. Tout a soudain du goût, un goût extraordinaire, et chaque minute devient toute une vie. On profitera l'un de l'autre, comme on n'en aurait jamais profité. On se quittera remplis d'amour, en étant sûrs de s'être vraiment aimés.

– En attendant, on pourrait baiser.

– On a tant d'autres choses à vivre.

– Quoi ?

– Ne joue pas les obsédés.

– Si tu veux, disons qu'on pourrait faire l'amour.

– Moi, je t'aime.

– Justement.

– Tu mélanges tout. Tu crois que les gens qui font l'amour s'aiment autant que nous ? Cette nuit, il y a sûrement des milliers de gens dans Paris qui ont baisé comme des fous. Et maintenant, la moitié d'entre eux dorment en se tournant le dos. Ils rêvent que leur cul se couvre d'épines pour éloigner l'autre en le piquant comme un oursin. Ils sont dégoûtés, ils n'en peuvent plus, ce sont des épaves.

– Tu n'as pas tellement envie de moi.

– J'ai une immense envie de toi. Mais tu n'es pas ta bite.

Il s'est levé. Elle souriait toujours. Il a donné un coup de pied dans la cave à cigares. Les sex-toys ont fait un bruit d'ossements dans un cercueil shooté. Il est allé à la salle de bains prendre une douche.

Elle l'a suivi de loin, comme si elle avait peur de se faire repérer. Il avait laissé la porte ouverte. Elle s'est approchée. Elle a tendu le cou pour regarder à l'intérieur. Il lui tournait le dos, le visage tendu vers le pommeau. Le carrelage était déjà éclaboussé, et après il y aurait une mare. Il ne lui était jamais arrivé de se servir de la serpillière, sous prétexte que l'eau finissait par sécher si on avait la patience d'attendre.

Elle ne détestait pas le regarder, avec son cul comme une frimousse mal rasée.

Mais il s'est retourné. Elle a vu son sexe, elle ne voyait que lui. Un sexe tête en bas, fourbe et perfide. Elle le redoutait, elle en avait peur comme d'un assassin. Il lui suffisait de se tendre vers elle et de la mettre en joug. Le trou de son gland raidi, menaçant comme la bouche d'un canon de revolver.

– Cache-le. Je t'en supplie.

– Quoi ?

L'eau dégageait une vapeur dense. La pièce lui apparaissait comme une image tramée, et Tibère comme une star fanée que les chefs opérateurs ont l'indulgence de filmer avec un objectif voilé pour diffuser la lumière et rendre les rides imperceptibles à force d'être floues, quitte à faire disparaître par la même occasion ce scintillement des yeux qui faisait dire d'elle dans sa jeunesse qu'elle avait un regard pétillant.

Pourtant, elle voyait très nettement son sexe, un Jack l'Éventreur dans le brouillard d'une rue de Whitechapel à la fin du XIXe siècle. Certaines de ses proies lui avaient sans doute échappé en prenant la fuite. Elle a couru jusqu'au salon, et s'est réfugiée sur le balcon, cette sorte d'isoloir ouvert aux quatre vents où chacun venait à son tour rafraîchir sa tête brûlante de colère ou de frustration. Elle savait qu'elle fuyait un danger imaginaire, mais le sexe de Tibère l'impressionnait de plus en plus. Elle ne comprenait pas comment elle avait pu si longtemps frayer avec lui, et même le trouver sympathique jusqu'à lui lécher le museau.

Elle ne prenait pas la peine de lever les yeux pour regarder le ciel. Il lui avait toujours semblé qu'il était beaucoup trop loin. Elle ne pouvait espérer le fréquenter un jour. Il était une sorte de plafond dans lequel un électricien avait planté des lampes pour éclairer et éteindre la terre.

Tibère a poussé la fenêtre. Le balcon était vraiment étroit, et elle n'a pu faire autrement que le prendre dans ses bras. Il portait un costume sombre et une cravate.

– On dirait que tu vas au bureau.

– Oui.

Elle n'a pas essayé de le retenir. Il a traversé le salon, et il a semblé à Marjorie qu'il était un passant dans une ruelle déserte. Un type pressé, un type qui vient de s'échapper. Elle a entendu la porte se refermer derrière lui. Elle est demeurée sur le balcon, elle aimait bien parfois avoir un peu froid pour penser à autre chose, pour penser moins. Elle fixait une poubelle affreusement verte de l'autre côté de la rue, par crainte de regarder machinalement Tibère sortir de l'immeuble. Elle n'avait pas envie de constater de nouveau qu'elle l'aimait trop pour continuer à vivre cette histoire, et accepter de laisser son amour se désagréger avec les années.

Gédéon était assis derrière sa table en plexiglas dans la pièce lambrissée qu'on lui avait attribuée lors de sa nomination. Trois heures cinquante-deux du matin, et il était de permanence jusqu'à huit heures tel un vulgaire gardien de parking. Sa famille le croyait haut fonctionnaire. En réalité, son boulot se réduisait à attendre qu'on le sonne comme une bonniche.

Toutes les cinq minutes, Abel, un grouillot frais émoulu de l'ENA, faisait irruption sans toquer avec une liasse de dépêches. Il frétillait en lui annonçant un incident survenu dans la nuit au Tibet, ou une rumeur rapportée par le contre-espionnage selon laquelle un dissident était mort écrasé en traversant une rue du vieux Pékin. Gédéon rédigeait alors une synthèse de ces informations capitales qu'il envoyait aussitôt sur la boîte mail du ministre, qui du reste ne savait pas se servir d'un ordinateur, et grattait son courrier avec un gros stylo Cartier en or massif que lui avait offert un émissaire de l'Arabie Saoudite.

Gédéon méditait le reste du temps. Il avait rompu avec Aglaé, une fille qu'il avait rencontrée trois ans plus tôt lors de la pendaison de crémaillère de son frère Toby, un jeune raté qui lui faisait honte d'être sorti de la même vulve, comme un qui n'admettrait pas d'être sorti par la même bouche de métro qu'un type portant une écharpe de mauvais goût.

Il aimait toujours cette Aglaé, mais leurs rapports étaient devenus en quelques mois passionnels jusqu'à la violence, et il avait rompu de peur qu'un de ces jours ils ne s'entre-tuent. Elle lui avait envoyé lundi un message lui enjoignant d'expédier à sa nouvelle adresse toutes les affaires qu'elle avait laissées chez lui. Elle lui réclamait aussi un chèque de cent quatre-vingts euros pour rembourser un billet d'avion qu'elle avait acheté pour partir avec lui en week-end. Un week-end à Barcelone qu'il avait annulé au dernier moment par crainte d'une dispute de quarante-huit heures qui se serait terminée au creux des draps, ou par une altercation avec dommages corporels.

Il avait rempli un grand carton avec son peignoir, sa paire de Converse, ses produits de maquillage, ses pilules et ses vêtements. Il avait déposé le chèque pardessus. Il avait pris le carton dans ses bras et l'avait porté jusqu'à la poste. Il lui avait semblé transporter le cercueil d'un bébé.

Gédéon voulait devenir président. Il connaissait parfois des moments d'angoisse quand il s'apercevait que les aspirants à la magistrature suprême grouillaient comme des cloportes dans le moindre interstice des salles d'archives des palais nationaux et des sous-préfectures. Il espérait vaguement qu'une épidémie le débarrasserait de tous ces fats, et qu'il serait élu dans les années trente de notre siècle. Il aurait alors une fin de quarantaine, et deux enfants d'une quinzaine d'années. Il serait marié à une femme décorative, sortie d'une grande école, au QI élevé, au corps longiligne, et qui appartiendrait à une vieille famille noble du nord de l'Italie, à moins qu'elle ne soit fille d'un membre de la Gentry londonienne, ou plus modestement d'un PDG du CAC 40. L'indulgence française lui permettrait d'avoir des maîtresses à gogo sans risquer de ternir son image. Il serait même fier de voir s'étaler dans certains magazines les photos volées de ses frasques. Il rêvait d'une couverture où on le verrait sur une plage avec une gamine à peine majeure qui lui ferait des mignardises comme à un camarade de prépa.

Il a tourné la tête vers la fenêtre. Le jour ne se lèverait jamais. La nuit était tombée sur le Quai d'Orsay une fois pour toutes. Le ministère dépendait depuis hier soir d'un nouveau fuseau horaire, qui avait pour seule vocation de maintenir une fine tranche de terre dans l'obscurité, alors que le quartier Pasteur où il habitait demeurerait au soleil toute l'année. Il n'y retournerait plus, sa vie serait désormais une interminable nuit. La température chuterait peu à peu, et il mourrait de froid à cinquante-quatre ans sans même avoir été promu chef de cabinet.

– Tiens, voilà du café.

Abel était entré tandis qu'il méditait sur son avenir crépusculaire. Encore un de ces méchants jus clairs que débitait la machine du couloir qu'il fallait battre chaque fois qu'on voulait lui arracher le moindre gobelet.

– Merci.

Abel a posé trois dépêches sur sa table.

– Rien d'excitant, il n'y a pas de nouvelle guerre.

– On pourrait en déclarer une.

Abel trouvait la proposition intéressante, et pas impossible à réaliser. Il suffisait de chaparder les codes de la force de frappe dans la poche intérieure de la veste du Président.

– Pour déclencher une attaque atomique.

D'ailleurs, beaucoup de ses collaborateurs avaient dû avoir la même idée. Ils avaient profité d'un jour de canicule où il s'était mis en bras de chemise pour le carotter. La combinaison devait circuler, et par provocation un malveillant l'avait peut-être déjà affichée au-dessus d'une pissotière de l'Élysée.

– Drôle d'idée.

– Oui, mais c'est une idée.

Abel a quitté le bureau tout guilleret. Gédéon se demandait s'il devait rédiger une note au préfet de police pour qu'on le fasse jeter à la Seine. Il pouvait aussi confier son dossier à la médecine du travail qui se chargerait de le faire interner à vie pour crétinerie.

Il s'est enfoncé dans son siège, redressant ses épaules étroites et tombantes qui donnaient l'impression qu'il était né pour servir de cintre. Il regrettait qu'Abel ne soit pas une femme. Il aurait pu le sauter toutes les deux heures dans le réduit du couloir où les agents de surface rangeaient leurs instruments de ménage, comme la première stagiaire venue.

Le ministre avait renvoyé Boris qui était pourtant payé double pour travailler jusqu'au matin. Il était sorti à pied par une petite porte qui donnait sur la rue de l'Université. Il voulait marcher comme un anonyme, respirer l'odeur de la ville, et réfléchir à l'avenir de l'humanité.

Il éprouvait un délicieux frisson en se promenant sans garde rapprochée. Il rêvait depuis ses dix-huit ans de devenir otage. On l'aurait un peu torturé pour que son visage soit couvert d'ecchymoses sur les clichés que les ravisseurs enverraient à la presse. On pourrait même lui couper l'auriculaire de la main gauche dont il ne se servait quasiment jamais. Il serait un martyr qu'on échangerait contre des Mirage ou un porte-avions. Il jubilerait de valoir un tel prix, et une fois libéré il pourrait se regarder chaque matin avec les mêmes yeux énamourés qu'un collectionneur contemplant une toile de Jackson Pollock achetée un quintal de millions de dollars chez Christie's.

À force de remonter le boulevard Saint-Germain, il est arrivé boulevard Raspail. Il a sonné. La voix furieuse de Marjorie a saturé le haut-parleur de l'interphone.

– Allez vous faire foutre.

– Je suis le ministre Volvic.

– Vous n'allez pas venir ici toutes les cinq minutes ?

– Je voulais vous parler d'un projet.

Elle lui a ouvert de crainte qu'il n'envoie une compagnie de CRS éclater la porte avec un bélier. Volvic s'est arrêté au bas des marches pour réfléchir. Il se demandait quel projet il aurait pu imaginer pour justifier sa visite. Il ne pouvait tout de même pas la demander en mariage et proposer à sa femme un divorce au pied levé. Du reste, il ne goûtait guère le physique maigrelet de Marjorie, et pas davantage son psychisme dont tout laissait à penser qu'il devait s'avérer pénible avec le temps. En outre, il pouvait craindre un pugilat avec l'homme qui semblait partager son lit. Bref, il pressait dans sa tête ses idées comme des citrons secs.

– Vous montez ?

Marjorie était penchée à la balustrade du quatrième étage. Il voyait son visage auréolé par la lumière de l'ampoule plantée au-dessus de la porte comme un gros clou jaune.

– Je monte.

En arrivant sur le palier, il s'est mis à trembler et à

tourner autour de son axe sans oser dévaler l'escalier et s'enfuir.

– Je suis face à mon destin.

– Hein ?

Il s'est immobilisé tête baissée, le regard fuyant comme deux petites souris qui ne parviendraient pas à se faufiler sous la plinthe.

Marjorie portait un pyjama anthracite, dont le bermuda était décoré sur la jambe droite d'une publicité pour le ketchup Heinz.

– Quel est votre projet ?

– Je voudrais encore y réfléchir avant de vous en parler.

– Vous voulez quoi ? Peigner la girafe ? À moins que vous n'apportiez de quoi faire une ligne ?

– Je suis contre l'usage des stupéfiants.

– On rigole avec vous.

Elle l'a poussé plus mort que vif jusqu'au salon.

– Asseyez-vous.

– Je vous dérange ?

– Pas du tout. Il est quatre heures du matin, les bons citoyens sont déjà levés depuis des plombes. Vous voulez du café, des croissants ? Vous préférez peut-être que je vous fasse chauffer un bain de lait, saupoudré de cacao, de corn-flakes, avec un peu de miel d'acacia ?

– Je vous assure que ma visite est dépourvue de toute arrière-pensée.

– De toute façon, vous avez sûrement une verge, un pénis, une queue, enfin un truc dans ce genre-là ?

Assis sur le fauteuil du bout des fesses flasques de son maigre séant, le ministre regardait cette femme qui lui réclamait des précisions sur son anatomie avec une crudité dont aucune partenaire n'avait osé user à son endroit depuis son entrée dans la ronde sexuelle il y avait plus d'un demi-siècle.

– Parce que, vous savez, je préfère les hommes sans bite. Les hommes qui aiment les femmes sans les pénétrer, les hommes lesbiens, les hommes gouins. Vous êtes gouin ?

– Je crains, madame, qu'il n'y ait méprise. Je suis juste venu vous faire une visite amicale, en tout bien, tout honneur.

– Vous n'êtes qu'un mec, et vous voulez me sauter.

– Pas du tout.

Elle a enlevé son bermuda. Il a hoché la tête comme s'il voulait exprimer sa réprobation à ce sexe touffu devant lequel il se trouvait soudain face à face.

– Monsieur le Ministre, je vous présente ma chatte.

– Mais pourquoi, madame ?

– Je vous la prête. Tout ce que je vous demande, c'est de ne pas la piquer avec votre dard. Je n'aime pas les guêpes, alors gardez votre venin pour vos œuvres. Donnez votre sperme aux simplets de votre parti, ils en feront des petits ministres qui sortiront des vagins de leurs mégères chevaliers de l'ordre du Mérite avec un ruban bleu autour du cou.

– Je dois prendre congé.

– Vous pourriez au moins lui passer la main dans les cheveux, comme vous le faites aux gamins quand vous prenez un bain de foule.

Cette fois encore, le ministre ne comprenait pas pourquoi il était venu. Il a pris appui sur les bords du fauteuil pour se propulser. Il a bousculé Marjorie, et à tout petits pas il s'est enfui en courant. Il était déjà en bas de l'escalier quand elle lui a balancé son bermuda. Il a glissé le long de sa joue, avant de tomber à ses pieds. Il l'a ramassé d'une main tremblante. Il l'a jeté dans le caniveau en sortant, de crainte d'être pris en photo par un paparazzi.

Boris avait gardé la voiture. La hiérarchie tolérait cet abus par pure incurie. Il habitait un appartement sombre avec deux petites fenêtres qui donnaient sur une rue si abandonnée que la municipalité n'avait pas cru nécessaire de l'inscrire au cadastre. Il vivait ici depuis le début de son mariage.

Il espérait retrouver un jour son épouse pour la battre à mort. À son avis, les femmes n'avaient pas plus d'âme que les hommes ou les bougies des moteurs. En plus, tuer lui paraissait une expérience enrichissante. Par galanterie, il n'utiliserait ni arme ni gaz paralysants. Il lui laisserait ainsi la possibilité de se défendre. Elle aurait autant de chances de s'en sortir qu'un gringalet.

Il avait ses habitudes dans un bar de nuit de la rue Pernety. Il y buvait quelques bières avant de rentrer chez lui dormir dans ses draps sales. Il ne trouvait jamais le temps de se rendre au pressing et refusait obstinément d'utiliser la machine, un engin dont l'usage lui semblait avilissant pour les mâles qui n'avaient pas choisi la carrière d'homosexuel ou de castrat.

Il ne parlait à personne, et buvait au bout du comptoir. Il vidait les lieux dès qu'il commençait à se sentir assez abruti par l'alcool pour dormir quelques heures d'un sommeil lourd dont au matin il ne se souviendrait pas des rêves. Il détestait rêver. Il préférait croire qu'il ne se laissait jamais aller au sommeil paradoxal, et que ses cycles étaient une suite de pièces noires comme des grottes. L'imaginaire l'effrayait, il avait peur de tomber dedans.

Il entendait garder un contrôle absolu de lui-même, et se tenir en main comme la crosse d'un revolver. Il n'appartenait à aucune organisation, mais il était persuadé d'être à lui seul plus dangereux qu'un groupuscule. Il n'avait pour l'instant d'autre projet que de tuer sa femme. Mais il savait que d'autres meurtres suivraient. S'il ne commettait pas d'assassinat, au soir de sa vie son existence lui semblerait insipide. On ne vivait pas pour être heureux, mais pour s'accomplir. Le bonheur était comme le sucre que le maître donne au chien pour le récompenser de sa soumission.

Son père l'avait prévenu très tôt que son intelligence était filiforme. De fait, il avait des difficultés, des maux de tête, et il suait, chaque fois qu'il tentait de réfléchir.

Manquer à ce point de perspicacité l'humiliait. Sa femme était encore plus sotte que lui.

– Je t'ai choisie parce que tu es conne.

Elle n'avait jamais compris le sens de ce mot trop abstrait pour ses méninges de perdrix. Elle se laissait insulter en silence, et s'était laissé emporter par le cousin sans mot dire.

À quatre heures trente, il s'est garé devant chez lui. Il pensait que la cocarde tricolore préservait le véhicule ministériel de tout risque de dégradation. On le retrouverait cependant trois jours plus tard dépecé au pied d'une tour de Clichy.

Il accédait à son triste logis par un escalier métallique aux marches rouillées. On entrait par la cuisine, et le spectacle de l'évier jonché d'assiettes que plusieurs cafards avaient élu comme terrain de jeu, ne l'a pas réjoui quand il a ouvert la porte. Il a pris l'arme qu'il cachait dans le frigo. Il aimait le contact avec le métal glacé qui rafraîchissait sa main moite. Il aurait bien fusillé les bestioles, mais effrayées par la lumière elles avaient disparu.

Il s'est assis devant la table grasse encombrée de verres et de vieux journaux. Il a allumé la télé fixée au mur. En regardant une émission où l'on essayait de marier des paysans isolés à des laiderons, il s'est tiré distraitement une balle dans la tête.

Tibère était assis dans son bureau de la tour Montparnasse. Des veilleuses éclairaient les couloirs. Il a allumé l'ordinateur. Il avait déjà lu à Chicago les deux cents mails qui étaient arrivés pendant son absence. Certains lui proposaient la citoyenneté américaine contre un versement de dix dollars, d'autres une opération dans un pays de l'Est pour rallonger son pénis de quatre centimètres, sans compter les pubs pour des boîtes de Viagra à prix cassé fabriquées au Bengale. Il ne bandait déjà que trop, vu la masturbatrice qui partageait sa vie.

Il était venu se réfugier ici dans le seul but d'éviter une condamnation à quinze ans de prison pour le meurtre de Marjorie. Chaque fois qu'elle l'exaspérait jusqu'à ne lui laisser d'autre choix que de la boucler vivante dans un grand sac bon à jeter du haut de l'escalier après en avoir dûment ficelé l'ouverture, pour qu'elle éclate au rez-de-chaussée sans tacher le carrelage avec son sang, il était parvenu à surmonter sa rage et à s'enfuir. Cette nuit, il avait même eu assez de flegme pour se doucher, s'habiller, et venir lui dire au revoir poliment comme un mari de bonne famille, avant de s'éloigner de l'immeuble d'un pas nonchalant.

Il n'avait pas dormi depuis deux jours. Il a posé délicatement sa tête sur le clavier. Les touches se sont enfoncées au contact de sa joue. Un oreiller de plastique, même s'il ne valait pas celui qui l'attendait sur son lit où Marjorie avait décidé qu'il ne se reposerait pas cette nuit. Il apercevait les dossiers s'ouvrir l'un après l'autre sur l'écran devenu fou. Un troupeau de phrases, de formules et de chiffres, qui valaient bien un défilé de moutons. Il s'est endormi.

Son portable a sonné. Il a décidé de ne pas l'entendre. Il s'est redressé quand le téléphone filaire posé sur un traité de neurobiologie s'est mis à biper interminablement.

– Volvic a tenté de me violer.

– Ah, bon.

– Il est revenu. Il était bizarre. Il n'a pas vraiment essayé de me violer, mais il avait l'air de vouloir m'obliger à faire des trucs. Il faut que tu rentres tout de suite. J'ai appelé ma sœur, mais elle ne répond pas.

– J'arrive.

Il a raccroché.

Il souriait. Il trouvait drôle cette histoire de harcèlement. Le ministre l'avait peut-être taquinée du bout du sexe, comme dans une soirée on pose son doigt sur l'aréole d'un sein qui pointe sous un corsage. Il espérait que cet incident avait fait fondre la glace qui obturait sa vulve et que seuls les godes parvenaient à percer. Il regrettait que sa queue ne soit pas un brise-glace.

Marjorie était dans son bain. Elle avait vidé dans l'eau un échantillon de parfum qui traînait depuis une éternité sur la tablette du lavabo. Elle avait besoin de se décaper et de changer d'odeur. Il lui semblait que les effluves du corps du ministre collaient à sa peau. Il ne l'avait pas touchée, mais il avait sué en montant l'escalier et son eau de toilette réchauffée au bain-marie de sa transpiration avait envahi le salon de ses fragrances.

Elle avait ouvert les fenêtres, mais elle allait devoir nettoyer le tapis et frotter le canapé où il s'était assis avec un chiffon imbibé d'alcool à brûler rehaussé de quelques gouttes de citron vert. Ignorant tout de l'opération mutilante qu'il avait subie, elle pensait aussi qu'il avait sans bruit vaporisé un nuage de spermatozoïdes dans l'appartement.

Elle craignait confusément une grossesse, car elle avait arrêté sa contraception deux mois plus tôt afin de ne pas continuer à se gaver d'œstrogènes pour rien. Elle pourrait toujours essayer de faire croire à Tibère qu'il était le père d'un enfant conçu chastement avec un sperme que sa matrice gardait dans ses archives depuis leur dernier coït. Les hommes sont crédules.

Tibère avait oublié sa clé. Il a sonné, et Marjorie a gambadé hors du bain pour se jeter dans ses bras. Elle utilisait à présent un cerveau où cette histoire de rupture n'avait jamais eu lieu, et comme elle éprouvait un besoin pressant d'aimer pour se sentir en accord avec sa personnalité actuelle trop fragile pour affronter l'existence hors du refuge sécurisant d'une histoire d'amour, elle l'aimait. Pas trop, juste assez pour avoir envie de se blottir.

– J'ai eu tellement peur.

– Arrête, tu me mouilles.

Elle cherchait du regard ses yeux. Elle ne se souvenait plus de leur couleur, et elle se demandait même s'il ne possédait pas des iris transparents au travers desquels elle aurait pu voir les myriades de ses pensées et de ses souvenirs circuler de l'inconscience à la lumière pour se perdre de nouveau dans le fond obscur de la caverne.

– S'il te plaît, regarde le lustre.

Il enlevait sa veste, et sa chemise humide qui lui collait à la peau.

– Regarde.

Instinctivement, il a tourné ses yeux dans la direction que lui indiquait son index. Ils étaient vraiment beiges, avec quelques paillettes dorées qui leur donnaient une sorte de préciosité. Il n'aurait plus manqué qu'il porte des lunettes pour les encadrer et les mettre sous verre comme des gouaches.

– Ce serait ridicule.

Il n'a pas prêté attention à ce qu'elle venait de dire. Il est parti dans la chambre balancer ses fringues. Elle est retournée dans son bain, et elle a mis la tête sous l'eau pour écouter son cœur battre. Elle le faisait souvent, comme pour s'entendre vivre. Elle craignait un jour de ne plus percevoir le moindre bruit, mais elle se disait qu'alors elle serait déjà morte. Les morts n'entendent plus rien, et perdent l'habitude de prendre des bains.

Tibère s'était allongé sur le lit. Il se demandait dans quel monde il évoluait à présent. Depuis son retour des États-Unis, il avait changé de planète toutes les heures. Il avait d'abord vécu sur une sorte de lune où Marjorie avait rompu et où, s'échappant de l'hôpital, elle avait disparu dans la ville. Puis, ce retour boulevard Raspail, dans cet appartement devenu l'étage d'une station orbitale haute comme un paquebot, où un aspirateur avait démarré, et un ministre avait surgi. Et maintenant, l'amour de Marjorie qui semblait lui être revenu soudain dans l'entrée comme si leur histoire était un satellite en perdition dont il recevrait les débris.

Marjorie ne changeait pas seulement d'encéphale, sous la même peau à chaque fois il y en avait une autre. Existait une collection de Marjories, qui disposaient d'une seule apparence. Elles se la passaient l'une à l'autre, comme les familles orientales démunies l'unique burka disponible pour toutes les femmes de la maison. Elles attendent leur tour pour la revêtir et s'en aller regarder les étalages sur la place du marché, furtives comme des fantômes sous le soleil de plomb.

Il l'aimait probablement. Il ne pouvait pas en être certain, mais il aurait parié quelques euros sur cette hypothèse s'il avait trouvé un bookmaker qui accepte sa mise malgré l'improbabilité d'obtenir un jour le résultat de ce curieux loto. Il avait entendu dire que pour aimer, il fallait éprouver envers soi-même une passion débordante. Il ne se détestait pas, mais il avait parfois le sentiment d'entretenir avec sa personne des rapports distants. Il ne s'aimait pas d'un amour fusionnel. Il aurait voulu pouvoir s'échanger contre un autre envers qui il aurait éprouvé une admiration absolue.

Il devait être schizophrène, mais il n'avait jamais découvert dans son comportement assez de symptômes pour poser un diagnostic définitif. Avec Marjorie, ils formaient malgré tout un beau couple de déments,

déments modernes, adaptés à la démence tranquille de la société d'aujourd'hui.

Marjorie est entrée nue dans la chambre.

– Tu bandes déjà.

– Je ne m'en suis pas aperçu.

– Ton caleçon est comme une tente.

Il a jeté un coup d'œil machinal du côté de son sexe.

– Je ne bande pas.

– Si tu ne bandes pas, c'est bien la preuve que ta bite est énorme.

– On ne va pas recommencer.

– J'adore ta grosse bite obèse.

Marjorie s'est avancée au bord du lit. Comme une nageuse sur un plot de départ, elle a contracté tous ses muscles. Elle a hésité, puis elle a fini par sauter sur lui.

– Je t'aime.

– Arrête de mordre.

– Je t'aime trop.

Elle lui mordait le sein. Ses doigts descendaient le long de son ventre, jouaient avec le nombril, les poils qui devenaient plus denses, plus longs, au fur et à mesure qu'elle se rapprochait de l'objet du litige.

Elle a retiré sa main.

– Je ne peux pas.

Elle s'est mise de nouveau en position hors du lit, debout sur son plot.

– Je t'aime, mais ne me demande plus jamais de baiser.

Il n'avait jamais pensé qu'ils allaient faire l'amour. Elle souffrait d'un léger strabisme, et il avait vu son œil gauche fixer la cave à cigares où reposaient les sex-toys pendant qu'elle le regardait du droit en lui parlant de cette érection imaginaire dont elle tentait d'empêcher la survenue, en faisant tous ses efforts pour convaincre la malheureuse de ne pas prendre la peine de se manifester, puisqu'elle était déjà là.

– Ta bite a encore grossi.

La tête dans ses mains, elle s'est assise en tailleur sur la moquette. Une enfant boudeuse qui vient de se fâcher avec sa poupée.

– Ta bite, toujours ta bite.

Il a décidé de se réfugier au bout du monde. Il est allé s'asseoir au salon sur le fauteuil où le ministre s'était posé tout à l'heure. Il regardait devant lui le lointain. Il y avait au-dessus du canapé un tableau représentant une cuisine à l'heure du petit déjeuner. Sur la toile cirée, un grand verre de lait était en train de se renverser. Il le voyait flou, et le lait semblait écumer, faire des vagues, des lames furieuses, blanches, comme une mer qui aurait reçu la pluie de millions de vaches durant des siècles où elles auraient flotté dans le ciel à la place des nuages.

Il aurait aimé rompre à son tour. Lui dire, je m'en vais. Et revenir le lendemain, persuadé qu'elle n'existait plus. Elle finirait par se sentir de trop. Elle se retirerait dans la salle de gym. Elle deviendrait une copine avec qui il boirait le soir un coup de rouge dans la cuisine. Une sorte de colocataire, qui en catimini s'en irait un matin tôt en négligeant de payer son terme. Une rupture lente, comme on oublie nonchalamment un souvenir de voyage quand on l'a remplacé par un autre.

Le ministre était sorti piteux de l'immeuble du boulevard Raspail. Il était persuadé que sa visite avait été filmée. En ce moment même, on pouvait sûrement déjà voir sur internet son face-à-face avec ce sexe broussailleux qui ressemblait à la chevelure d'un petit frisé. Son poste ne résisterait pas à un procès pour pédophilie, et il connaîtrait une retraite sordide dans la ferme normande de son épouse où il demeurerait reclus jusqu'à la fin de ses jours pour échapper aux quolibets. Il n'oserait même pas allumer la télé, de crainte d'apparaître sur l'écran dans le cadre d'une rétrospective sur les humains les plus ridicules et les plus pervers depuis l'Âge de pierre.

Il est arrivé place Saint-Germain-des-Prés. Tous les cafés étaient fermés. Alors qu'il passait sous un lampadaire, il a été reconnu par une dame errante emmitouflée dans un vieux châle dont les franges pendaient sur un vieux manteau d'astrakan usé jusqu'à l'os.

– Je crois que j'ai été votre première cliente. Vous vous souvenez ?

Il n'avait pas une mémoire de trois mille chambres où il aurait pu archiver jusque dans les baignoires tous les visages dont il avait pu croiser les propriétaires au cours de son existence, et qui lui semblaient perdus dans une foule noire comme une fourmi.

– Vous n'aviez pas trente ans. Vous veniez d'ouvrir votre cabinet rue des Boulets, au premier étage d'une petite maison en fond de cour. Quand je suis arrivée, vous étiez en train de repeindre la salle d'attente. Je vous ai demandé où était le docteur, et vous avez rougi en me répondant que c'était vous. J'avais une bronchite, mais vous l'avez prise pour une trachéite virale. Avec vos trois aspirines et vos sachets de vitamine C, j'ai développé une pneumonie dont j'ai failli crever.

– Au revoir, madame.

– J'ai vu la mort comme je vous vois. Je ne vous en ai jamais voulu. Vous étiez si mignon à cette époque, vous ressembliez à un pantin, et on aurait dit que vous jouiez au docteur avec un stéthoscope sorti d'une panoplie.

Le ministre regrettait cette folie adolescente qui l'avait poussé à s'intéresser au corps humain, ce siège de toutes les maladies visé dès son apparition par la mort embusquée comme un sniper jusque dans son sommeil. Il aurait dû plutôt s'inscrire à un cours d'art dramatique. Avec son physique de feu follet il serait devenu la coqueluche de la Nouvelle Vague, et dès la fin des années soixante il aurait entamé une carrière aux États-Unis. Aujourd'hui, il serait plus riche, plus célèbre, et beaucoup plus proche de l'idée qu'il s'était toujours faite de lui-même. Les médias du monde entier se disputeraient ses interviews, et actuellement une marque de café le paierait une fortune pour lui servir d'égérie. Il vivrait à Los Angeles, et pas dans ce pays misérable où les sans-abri sous leurs tentes dégueulasses donnent à Paris un air de taudis.

La femme lui avait pris la main. Il tirait pour la récupérer, mais il avait l'impression d'être revenu à l'époque où sa mère l'arrachait par la force au carré de sable du square Trousseau quand il s'obstinait à donner des coups de pelle aux autres bambins sous prétexte de jouer à la Saint-Barthélemy, un massacre dont son protestant de père parlait en frissonnant chaque fois qu'il passait devant une église.

– Madame, laissez-moi.

– Mon mari m'aimait. Il a cru me perdre. Il avait beau être droguiste, il était cultivé, romantique, sensible. Un matin, je l'ai retrouvé mort au milieu de la cuisine. On a parlé d'une crise cardiaque, mais c'était le chagrin d'avoir cru que je m'en irais avant lui, sans compter la faillite de notre boutique qui nous avait ruinés deux ans plus tôt. Comme un malheur n'arrive jamais seul, la semaine suivante la machine à laver est tombée en panne. J'ai signé un chèque sans provision pour pouvoir la remplacer. Cette dette a fait des petits. Il fallait bien les nourrir, et j'en faisais d'autres pour leur donner à manger. Il y en avait trop à la fin, et on m'a expulsée de notre logement. Je marche toute la nuit, et le jour je dors chez notre ancienne femme de ménage qui me loue la chambre de son fils pendant qu'il est au collège.

La femme lui a rendu sa main.

– Vous n'avez pas ces problèmes, les ministres ont de bons salaires.

Il a fouillé ses poches, mais depuis qu'il était entré en politique il avait perdu l'habitude d'avoir de l'argent sur lui. Pour s'en débarrasser, il lui a offert sa montre.

– Je ne vous ai pas demandé l'heure.

Elle est partie. Il s'est retrouvé seul sur la place, avec sur la joue l'empreinte rouge des cinq doigts de la femme humiliée.

Tibère s'était levé du fauteuil. Il voyait à présent les murs réels et nets. Il avait oublié cette mer de lait, et ces vaches dont les mamelles éclataient dans le ciel à force de n'être pas traites par les mouettes.

Il est entré dans la chambre. Il a entendu un bruit d'insecte. Marjorie était étendue sur le lit cuisses ouvertes, avec dans la main un gode vert amande dont sa vulve avait la hampe en bouche et dont l'ergot massait son clitoris comme un petit doigt tremblant. Tel un bébé au fond de son berceau, elle souriait. Comme une mystique prie, pour l'instant elle jouissait en silence.

Un tableau familier. D'autres contemplent leur femme galopant chaque matin dans le parc sur leur hongre gris, et lui avait le privilège de la regarder jouir. Il assistait à la montée de l'orgasme, comme on attend le bouquet final à la fin d'un feu d'artifice. Il regrettait de se voir remplacé par un ustensile sorti d'une usine taïwanaise dont les clones servaient d'amants aux Occidentales. Il était exaspéré de n'avoir pas droit aux faveurs de Marjorie qu'elle accordait si volontiers, si souvent, avec tant de fièvre, à un robot qui ne pouvait éprouver envers elle que des sentiments pour le moins infimes. Il était furieux, et il aurait voulu que cet engin et tous ses frangins de la cave à cigares aient un cou qu'il puisse leur tordre. Il était vexé de se sentir jaloux d'un artefact dont sa bite ne représentait pour elle qu'une contrefaçon.

Maintenant, elle criait. Tout l'immeuble devait le prendre pour un amant historique. Un homme capable de s'exécuter cinq ou six fois par jour chaque jour de l'année. Un bouc assez fantaisiste pour lui faire parfois l'amour jusque sur la plateforme vibrante où elle jouissait de toutes les fibres de son corps ébranlé.

Quand elle s'est tue, elle a fermé les yeux comme n'importe qui meurt après l'amour, oubliant tout, même l'autre, qu'il soit de chair ou de plastique tiédi au contact de la matière humaine. Elle a retiré le gode d'un coup sec. Il a pensé à une dague arrachée de la poitrine d'un type qu'on vient d'occire.

Il est sorti de la chambre. Il portait haut son sexe. Il s'est dirigé vers le canapé. Grâce à Marjorie, il vivait dans la misère sexuelle. Il s'est consolé en se disant que d'autres ne vivaient plus du tout.

Le ministre aurait voulu rentrer chez lui. Il avait toujours refusé d'habiter quai d'Orsay. Les appartements de fonction étaient trop vastes, leurs plafonds trop hauts, et ils étaient froids malgré le chauffage qui fonctionnait jusqu'au mois de juillet. Dormir rue du Four le rassurait, il lui semblait que ce nom fleurait bon les croissants et le pain chaud.

Il tourbillonnait place Saint-Germain, traversant le boulevard et les rues adjacentes comme une trotteuse qui sautille autour d'un cadran. Il luttait contre cette force qui le poussait vers la rue de Rennes, le boulevard Raspail, et l'appartement de Marjorie.

Il ne voyait pas avec quoi il aurait pu lui faire l'amour. Depuis l'an passé, sa sexualité était devenue non génitale. Il éprouvait simplement une sorte de jouissance quand il caressait du bout des doigts l'écran de la télé les soirs où on diffusait sa bouille ridée comme une bite posée au petit bonheur sur son cou de dindon.

Son portable n'arrêtait pas de jouer *La Traviata*. Cette musique retentissait quand son épouse l'appelait. Au Premier ministre était réservé un sifflement de cocotte-minute, et au président de la République un bruit de pets. Heureusement, ce dernier ne l'appelait guère, et par conséquent peu de gens avaient eu des raisons de le soupçonner de souffrir de problèmes gastriques. Cette farce de carabin pouvait lui coûter sa place, mais elle lui donnait l'impression d'être un éternel étudiant.

Il se demandait pourquoi sa femme s'obstinait à lui casser les oreilles avec cette musique. Dès que son amant éternuait, elle exigeait qu'il lui prescrive des corticoïdes. Il avait même fallu qu'il accepte début janvier d'examiner sa cheville enflée après une glissade ridicule sur une pomme pourrie qu'il n'avait pas détectée avec sa canne sur le trottoir de la rue Saint-Benoît. Pendant la palpation, le goujat n'avait pas arrêté de critiquer son penchant pour l'atlantisme et ses mains froides qui lui donnaient des frissons. Le ministre les aurait bien envoyés valser tous les deux, mais il avait besoin d'elle pour faire la paire dans les manifestations officielles.

Il a jeté le portable dans une bouche d'égout. Il a continué à entendre *La Traviata* pendant quelques secondes, puis l'appareil a sombré et s'est tu. Son manège de poney tournoyant autour de la place comme sur une piste de cirque a attiré l'attention d'une patrouille de police. Leur voiture rôdait gyrophare en berne, avec la lenteur d'un crocodile à la recherche d'une proie dans l'eau saumâtre d'un marigot. Ils ont stoppé devant le Flore.

– Monsieur, s'il vous plaît. Contrôle d'identité.

Le ministre était à présent obnubilé par son téléphone. Il craignait qu'un ragondin ne s'en empare, l'emporte dans sa gueule, et traversant les conduits et les caves, grimpant les câbles, empruntant l'ascenseur, le dépose sur le bureau d'un rédacteur en chef. La puce parlerait mieux que cent mille commères, et cette fois il pourrait être certain de terminer sa vie claquemuré dans le grenier humide de la ferme normande de son épouse. L'idée de trouver quelque part une canne à pêche et jeter sa ligne dans l'égout en espérant que le portable morde à l'hameçon lui a traversé l'esprit. Il s'est dit qu'il était vraiment farfelu, et qu'en lui l'éternelle jeunesse dont il se sentait si souvent embrasé, n'était pas près de s'éteindre.

– Contrôle d'identité.

Cette fois l'un des hommes l'a saisi, tandis que l'autre lui passait les menottes dans le dos. Ils l'ont poussé au fond de la voiture qui a foncé jusqu'au commissariat de la rue Bonaparte. On l'a monté à l'étage comme une petite guérite. On l'a posé sur une chaise au beau milieu d'une pièce où des enquêteurs derrière des écrans datant du siècle dernier tripotaient leur clavier en rêvassant.

Le ministre terrorisé n'avait dit mot depuis son interpellation, et les flics avaient négligé de lui braquer une torche sur le visage pour voir à quoi ressemblait leur butin. Le bureau était éclairé par des spots qui semblaient provenir d'un vide-greniers, tant ils étaient vieux, fatigués d'éclairer, et prêts à faire valoir leurs droits au recyclage. Ils diffusaient de mauvaise grâce une clarté crasseuse sur la face désolée du ministre.

– On est encore tombés sur une star.

Tous ces gens de police ont éclaté de rire.

Ils reconnaissaient en lui une célébrité. Certains pensaient qu'il était un présentateur sportif à la retraite, et un grand chauve le prenait pour un cuisinier devenu célèbre pour ses crêpes au lapin. Mais peu à peu tout le monde s'est rallié à l'avis d'un nabot tremblant qui voyait en lui une sorte de ministre des Affaires étrangères qui pourrait leur attirer de sérieuses tracasseries s'ils ne lui présentaient pas immédiatement des excuses.

Ils se sont bousculés pour lui enlever les menottes.

Après l'orgasme, Marjorie avait fait un rêve fugace. Elle grimpait à un pénis comme à un mât de cocagne, et perdant pied tombait sur les bourses moelleuses comme un édredon.

Elle s'est levée avec une petite faim. Oubliant le sex-toy sur le lit, elle est allée à la cuisine. Elle a ouvert le frigo, mais elle a craint les calories des carottes râpées. Elle a pensé qu'un peu de whisky la remettrait d'aplomb. Une diététicienne lui avait dit un soir dans une fête que l'alcool ne pouvait induire aucun surpoids.

– Les calories de l'alcool, on les pisse.

Elle a bu son verre sur le canapé. Assis dans un fauteuil, Tibère contemplait son corps nu, maigre, qui souffrait de malnutrition à force d'être sustenté à regret. Il la désirait parce qu'elle était là, une autre aurait été désirable aussi. Son statut social lui aurait permis de la remplacer, mais il n'aurait pas tardé à trouver à sa remplaçante des vices de fabrication. Il aurait peu à peu découvert ses obsessions, ses frustrations, ses phobies, et il l'aurait subie comme il subissait Marjorie.

Elle non plus ne pouvait rêver de trouver mieux. Les humains étaient le résultat d'un processus de fabrication archaïque, imparfait depuis l'origine, et dont les fondamentaux ne seraient jamais améliorés. En matière d'humanité, on devait se satisfaire de produits de qualité moyenne, peu fiables, qui sortaient de la femme comme du tunnel d'une machine-outil. L'obstétricien avait beau contrôler la mécanique, même en appelant un chirurgien à la rescousse il ne pouvait en modifier les plans, ni même optimiser ses performances futures.

Marjorie a jeté un coup d'œil sur Tibère.

– Cache ta bite.

Le caleçon la dissimulait pourtant de son mieux. Il est vrai que l'érection persistait depuis tout à l'heure et trahissait la présence de l'organe sous le coton bleu.

– Tu veux que je la coupe ?

– Pour tout te dire, je m'en passerais. C'est anormal d'avoir une bite.

– Tout le monde en a.

– Pas moi. Les femmes n'en ont jamais eu. Regarde un corps de femme, comme c'est harmonieux, rigoureux, logique.

Tibère a souri, l'érection est tombée.

– Je n'ai jamais entendu personne remettre en cause l'utilité des bites.

– C'est bizarre, une bite. C'est extérieur, ça pendouille et puis ça se redresse comme un drapeau qui se prend un coup de vent. Et les couilles ça pendouille toujours. Pas de quoi être fier. Tandis qu'une femme, c'est aérodynamique, on dirait un obus.

– Tu voudrais que je voie un designer ?

– Je voudrais que tu caches ta bite.

Elle s'est levée, et elle a tourné sur elle-même comme si elle avait voulu lui faire apprécier le drapé d'une robe.

– Tu vois, je suis nue.

– Oui.

– Eh bien, une femme nue, comparée à un homme nu, on dirait qu'elle n'est pas nue. Elle a une peau qui la recouvre comme une combinaison de pilote. Tandis que les mecs, vous avez un corps absurde, on dirait même que vous avez deux corps. Un grand, et un petit qui s'est greffé à lui comme un arapède. Il a l'air d'un intrus, d'un alien, d'un affreux morceau d'extraterrestre qui sort parfois de sa léthargie pour appeler au secours en lançant sa jambe en l'air. Les lesbiennes ont bien de la chance de l'être, s'il ne tenait qu'à moi je tomberais amoureuse d'une femme ou d'un type qui a eu un accident.

Il a mis la main devant sa bouche pour rire poliment.

– Tu m'aimes encore ?

– Je t'aime toujours, toujours trop. Quand est-ce qu'on sera enfin débarrassés l'un de l'autre ? Avec toi, je ne me sens pas en sécurité. J'ai l'impression de vivre auprès de quelqu'un qui se balade chez moi l'arme au ventre. Tu aimerais dormir avec une femme qui cache un revolver dans son string ? Tout à l'heure, quand tu prenais ta douche, j'ai cru que tu allais me tuer pour de bon.

– Bang.

– Si au moins tu faisais un effort. Si au moins tu ne bandais plus. Ou alors, juste de temps en temps. Pour te faire plaisir, quand je ne suis pas là. Aimer quelqu'un, c'est aussi savoir faire des sacrifices.

– Fais le sacrifice de coucher avec moi.

– Tu ne comprends rien.

Elle est partie furieuse dans la salle de gym. Il a entendu démarrer la plateforme vibrante.

Gédéon détestait les heures. Elles étaient lentes. Il lui semblait même qu'elles prenaient à l'occasion la liberté de revenir en arrière. Il arrivait sûrement à toutes les horloges de la terre de rétrograder. Les nuits de permanence au Quai d'Orsay profitaient du laxisme du système solaire pour en prendre à leur aise, et redescendre la pente au lieu de la monter vaillamment. À ce train-là, il allait régresser jusqu'à sentir bientôt lui pousser des couches et une tétine au milieu du bec.

– Bullshit.

Abel était entré en catimini.

– Pardon ?

Aussi bien, ce petit con ne comprenait pas l'anglais. Ici, on ne connaissait aucune langue étrangère. C'est à peine si le ministre bredouillait quelques mots d'italien pêchés dans les trattorias des grands boulevards.

– Quoi encore ?

– Une info de l'ambassade de Moscou. Le métro de

Saint-Pétersbourg présente une radioactivité anormale de 4 000 becquerels par mètre carré. Les conducteurs ont des pustules lumineuses à la base du cou qui éclairent leur visage comme un collier d'ampoules.

– C'est tout ?

– Presque.

Abel a posé un paquet de dépêches sur son bureau.

– Ne te déplace plus. Envoie-moi toute cette saloperie par l'intranet.

– Pourquoi ?

Il avait l'air mortifié. Gédéon a soupiré.

– Tu manques de contacts humains ?

– La nuit on se sent seul dans cette baraque.

– Service public.

Abel a quitté le bureau un peu triste à la perspective de passer désormais la nuit seul.

Gédéon avait envie d'une beuverie. La nuit était vraiment trop longue, et une fois bourré il aurait fait montre de dandysme en vomissant dans les couloirs. Mais il avait conscience d'appartenir à une génération d'êtres apprivoisés, que pourtant personne n'avait pris la peine de dresser, tellement on avait misé sur la terreur économique pour la laver dès la maternelle de toute velléité de révolte. Une race d'animaux domestiques était ainsi apparue peu à peu, et il en était un des brillants exemplaires. Il n'était pas fier de cette façon d'évoluer à plat ventre dans l'existence, mais il n'avait pas en lui assez d'orgueil pour en éprouver de la honte. Il se sentait adapté au réel, et il ne montrait jamais les dents. Il rêvait parfois de devenir un héros, mais ses aventures se déroulaient toujours dans l'espace, loin de la société où pour survivre il avait toujours su qu'il valait mieux ramper. Au fond il aimait cette vie de yorkshire, douce comme du coca, même si elle lui paraissait de temps en temps fade et plate comme un milk-shake.

Il a fouillé un tiroir. Il a trouvé une petite bouteille d'eau minérale sous un vieux *Monde* daté du 3 février 2010 qu'il avait dû jeter par-dessus pour la dissimuler. Elle contenait encore quelques centilitres de tequila. Il l'a vidée et l'a balancée dans la corbeille à papier.

Il a feuilleté les dépêches, des nouvelles sans importance, le nom de la maîtresse d'un député au Parlement autrichien, celui de l'amant d'un chat de gouttière, et le schéma du psychisme du pape établi par une équipe de psychologues comportementalistes italiens.

Il avait demandé à Abel de ne plus lui transmettre aucune information concernant les guerres de troisième ordre qui se déroulaient dans des lieux exotiques au sous-sol trop pauvre en pétrole et en métaux pour être considérés comme des pays à part entière. Par ailleurs, le ministre ne voulait plus entendre parler des combats dont le bilan était inférieur à mille cinq cents morts.

– Autrement, c'est de la petite monnaie.

Volvic rêvait d'une guerre majestueuse entre Occidentaux. Des gens civilisés, partageant la même culture, la même couleur de peau. Il était nostalgique des conflits d'autrefois, et il s'imaginait signant l'armistice de 1918 dans ce wagon échoué dans une clairière de la forêt de Compiègne. Il avait soif de panache, d'uniformes bleu horizon, et il enrageait qu'on refuse de lui accorder le ministère de la Défense malgré les innombrables demandes de mutation qu'il avait adressées à Matignon depuis sa nomination aux Affaires étrangères. Il se souvenait des brimades qu'il avait subies au début de son service militaire, avant qu'on ne le nomme médecin personnel de l'aide de camp du général de Gaulle. Depuis un demi-siècle, il attendait de pouvoir prendre sa revanche, et il se voyait passant en revue les troupes sur les Champs-Élysées, vêtu d'un costume de lin clair sous le soleil de juillet.

Gédéon s'est dit que le ministre ressemblait à un pénis au gland pâle. Peut-être à cause de ses épaules étroites, et de ce visage plat surmonté d'une chevelure séparée en deux par une raie centrale. Un homme comme un sexe en marche, avec des petites jambes rondouillardes comme des couilles. On aurait dit que le rêve qu'avait fait Marjorie au sortir de l'orgasme, avait descendu le boulevard Raspail, et dévalé la rue de Rennes jusqu'à la Seine, pour se poser sur lui après s'être lentement modifié au cours du voyage.

Gédéon n'en pouvait plus du sexe, il en avait assez d'obéir à un désir continu, sourd, dont il ne savait pas quel était l'objet exact. Un désir qui s'incarnait dans des femmes blondes, brunes, châtain clair, longues comme des statues de Giacometti, ou larges et courtes comme des poufs. Il blâmait son envie perpétuelle de jouir, de courir après l'épanchement de ces quelques bouffées de sperme qui lui permettait d'accepter sa vie de merde.

Et toutes ces donzelles qui se prêtaient à ce jeu avec méticulosité, essayant de reproduire de leur mieux les figures qu'elles avaient vu accomplir à l'aube de leur adolescence sur l'écran de leur ordinateur par les actrices des films pornos. Elles cherchaient à mériter le titre de putain, dont elles entendaient posséder la technique pour pouvoir se vanter dans les dîners de filles d'être d'authentiques salopes dignes de leur époque où l'art de la fellation était considéré à l'égal de celui de la sonate que les pucelles de la bourgeoisie d'autrefois exerçaient dans les salons pour trouver un benêt dont elles seraient un jour la veuve.

Cet épisode de misogynie a tourneboulé Gédéon, et il s'est mis à bander. Abel l'a vu courir dans le couloir la main basse jusqu'aux toilettes dont il a claqué la porte d'un geste sec, comme un couple qui n'en peut plus à force de caresses sur la plage, celle de la chambre d'un hôtel de vacances.

La plateforme avait tendance à secouer le plancher, et de proche en proche à ébranler le plafond du vieux couple qui occupait l'étage inférieur. Ils s'étaient déjà plaints au syndic de plusieurs fentes suspectes et d'une sorte de farine de plâtre qui recouvrait quotidiennement leur couvre-lit.

Genoux pliés, Marjorie était perchée sur la machine. Elle méditait, elle imaginait son tissu graisseux terrorisé à l'approche de la mort lente qu'allait lui infliger l'appareil. Elle rêvait d'un monde sec, débarrassé de toute matière grasse. Un monde où les corps seraient faits d'os, de peau, avec une musculature assez discrète pour qu'on ne puisse la soupçonner de corrompre l'anatomie en s'avachissant avec le temps. Elle se serait contentée d'un squelette, d'un hologramme, d'une simple image pourvue d'un petit grain de conscience pour pouvoir jouir de sa légèreté absolue.

Elle aurait voulu transpirer davantage. Suer de

grosses gouttes luisantes, gorgées de lipides comme un foie gras. Elle rêvait d'un caisson à micro-ondes où on laisserait une flaque de graisse, à force d'avoir fondu comme un morceau de beurre dans un faitout. Elle se demandait si la meilleure façon d'exister n'était pas de noyer son corps dans un chiotte et, débarrassée de ce poids mort, d'être à jamais légère, fluide, translucide comme un souvenir dans la mémoire d'un homme autrefois amoureux. Un souvenir est toujours mince, c'est une sylphide, et il s'affine au fil des années jusqu'à disparaître complètement avec le cerveau qui le transportait. N'être plus qu'une réminiscence pour Tibère, un éclair qui illuminerait sa conscience de temps en temps. Un souvenir n'a pas peur, il ne craint pas plus le sexe des hommes que les fantômes ou la résurrection des nains de jardin.

Ses abdominaux étaient plus douloureux encore que ses fessiers. Même les muscles de son visage commençaient à lui faire mal. Elle devait accepter cette torture, et penser aux calories évanouies avec le même sentiment de puissance, le même bonheur qu'un trader devant tous ces dollars que lui apporte l'explosion soudaine d'une bulle sur laquelle il avait pris des positions à la baisse. Elle espérait un orgasme prodigieux qui brûlerait les cellules adipeuses comme un bombardement au napalm les paillotes d'un village ennemi.

Quand elle cédait au harcèlement de Tibère, elle ne perdait guère qu'une poignée de calories au cours du coït. L'équivalent énergétique d'une cuillerée de yaourt à 0% sucré à l'aspartame.

Elle a sauté de la plateforme qui a continué à vibrer sans elle. En quittant la pièce, elle s'est souvenue du sexe de Tibère. Maintenant, il lui semblait un organe sympathique et facétieux comme un bon petit diable quand il se redressait sous une caresse et retombait comme un bras ballant après l'amour.

Elle a marché jusqu'au salon. Un déplacement lent, un glissement de reine sur le bois verni d'un échiquier. Tibère somnolait sur le canapé devant la télé silencieuse. Une femme riait en racontant une histoire dans le vide de l'audimat de quatre heures et demie du matin. Il dégageait une odeur d'homme propre, une odeur de mâle à l'Aloé vera, au pamplemousse rose, aux algues marines, ou à la papaye. Elle n'arrivait pas à déterminer avec quel gel il s'était douché.

Elle s'est agenouillée devant lui. Il a sursauté quand les doigts de Marjorie ont trouvé son sexe. Et puis il a fait un drôle de rêve. Elle avait son sexe dans sa bouche, et il éjaculait en même temps qu'il se mettait à bander.

Le ministre avait refusé les excuses des policiers. Il était sorti du commissariat furieux et raide, déclinant d'une pichenette les offres d'un lieutenant obséquieux qui lui proposait de le ramener dans sa voiture au Quai d'Orsay.

Il avait rendez-vous à huit heures trente à l'Élysée, mais depuis un mois le Président le faisait appeler au dernier moment pour annuler le petit déjeuner auquel il l'avait convié trois jours plus tôt. Il était en disgrâce, et cette humiliation hebdomadaire faisait désormais partie de son karma. Il devait l'accepter, ou démissionner en fanfare un soir au J.T. de 20 heures en annonçant la création d'un nouveau parti politique dont il serait le leader. Il craignait d'échouer, et de se vautrer comme un malappris aux prochaines élections. Il n'avait jamais eu le goût du risque, et il avait toujours jalousé le courage de son prédécesseur Bernard Kouchner qui avait arpenté l'Afrique dans les années soixante-dix pour soigner sous la mitraille de pauvres diables affamés et crasseux. Par dépit, il avait dit plusieurs fois à sa femme en ricanant, qu'au docteur Kouchner, il préférerait toujours le docteur Mabuse.

Il avait traversé la place Saint-Sulpice. Deux clochards dormaient l'un sur l'autre au pied des fontaines. Une femme poussait un caddie rempli de hardes et de sacs en plastique. Elle criait par saccades des injures à la nuit. Il a cru qu'un photographe ou un sniper était embusqué derrière un arbre. Ce n'était qu'une haute poubelle coiffée d'un chapeau défoncé qu'on avait dû balancer en vidant une cave.

Il avait remonté la rue Garancière en trottant comme un vieux baudet. Débouchant rue de Vaugirard, il a buté contre un couple en rollers dont la femme a fait une embardée jusqu'au milieu de la chaussée déserte. Ils ont continué leur route en silence, comme s'ils l'avaient reconnu et craignaient s'ils l'insultaient de se faire morigéner par ses gardes du corps probablement tapis dans l'ombre d'un porche.

Il a traversé. Il a longé les grilles du jardin du Luxembourg. Une odeur de verdure, de pollen, une odeur de nuit printanière. Trois fenêtres du Palais étaient éclairées, peut-être que le président du Sénat regardait un film dans un des salons.

– Un film à caractère sexuel.

Cette pensée saugrenue a réjoui le ministre. Il a frappé dans ses mains, comme pour applaudir cette saillie dont la causticité faisait de lui un joyeux drille. Il aurait pu écrire un roman, une fantaisie qui se serait déroulée dans un hôpital. Il se souvenait de l'hôpital de Frontignan où il avait été externe au début des années soixante. Il avait eu plusieurs aventures avec des infirmières, et il avait même fait l'amour un soir avec une jeune érotomane qu'on devait opérer au matin d'une tumeur osseuse. Elle avait voulu être attachée, et il l'avait liée au lit de fer avec des gazes qui avaient rompu au premier coup de reins. Quand il avait eu terminé sa besogne, elle lui avait dit merci, avait éteint la lumière, et s'était endormie. Il avait quitté la chambre humilié, car il avait eu l'impression d'avoir été congédié comme un garçon de café venu apporter un ballon de rouge. On avait hospitalisé de nouveau la femme trois mois plus tard. Elle était morte d'une maladie nosocomiale.

– Une histoire tragique et pourtant cocasse.

Il espérait un succès, et une adaptation pour la télévision. Il signerait l'ouvrage d'un pseudonyme. Il encaisserait ses droits d'auteur en silence. Si sa carrière politique capotait, il passerait aux aveux. Il deviendrait alors un habitué des émissions culturelles. On le comparerait peut-être à Tchekhov ou à Céline qui avaient été médecins comme lui.

– Une belle revanche.

Il trépignait de joie. Il avait dépassé le Sénat. Il traversait la rue d'Assas. Il voyait déjà le boulevard Raspail.

– Je te félicite.

– Pourquoi ?

– Tu as tout de suite joui.

– Je dormais.

– On devrait toujours faire l'amour pendant que tu es endormi.

– Qu'est-ce que tu racontes ?

– Au moins, c'est rapide. Je n'ai pas le temps de me poser des questions et d'avoir peur d'elle.

– Ma bite n'a jamais tué personne.

Elle s'était relevée aussitôt après l'éjaculation de Tibère. Elle avait avalé son sperme.

– Ce n'est pas du saint-émilion.

Il était peu à peu sorti des limbes. Il avait baissé les yeux, regardant amorphe son sexe en érection encore luisant de la bave de Marjorie.

Appuyée contre la cheminée, elle était là. La lumière

indirecte de l'halogène éclairait son corps nu. Une humaine qui lui apparaissait comme un prototype dont une kyrielle de matrices s'étaient inspirées pour fabriquer toutes les femmes qu'il avait aimées. Il ne pouvait pas éprouver d'attirance pour une autre femme que Marjorie, mais sa vie avait été peuplée de Marjories, et il en croiserait sans doute d'autres si celle-là s'évanouissait.

– Non, en fait tu es la seule à te ressembler.

– Tu parles à qui ?

– À personne.

– Tu es content, au moins ?

– Je dois te remercier ?

– Une fellation, c'est un cadeau.

– Avec toi, le sexe c'est toujours un cadeau.

Elle a pivoté, et s'est dirigée vers la chambre. Elle a refermé la porte derrière elle. Il s'est dit que les fesses de Marjorie avaient vraiment un air de famille avec toutes celles à qui il avait eu affaire au cours de son existence. Elles ressemblaient même aux siennes, mais elles étaient glabres et mieux rembourrées que son cul de mec. Même de dos, personne n'aurait pu la prendre pour lui.

Il a compris que la fatigue commençait à le tirer vers la confusion mentale. Il a affiché l'heure sur l'écran de la télé, il était quatre heures cinquante-cinq. Il finirait bien par aller se coucher. Il appellerait son adjoint dans l'après-midi pour lui dire qu'il avait raté l'avion de la veille. Ce larbin s'étonnera poliment de n'avoir pas été prévenu plus tôt.

– Vous avez dû me laisser un message qui m'a échappé.

– Oui, il est sûrement resté bloqué au fond de l'Atlantique.

– Comment ?

– Une fibre optique se sera étouffée avec une pelote de mails.

– Probablement.

Il manquerait peut-être un rendez-vous avec son expert-comptable, ou avec le responsable d'un labo pour qui il avait inventé un nouveau trouble bénin de la perception des couleurs, afin de justifier la mise sur le marché d'une molécule dont on se demandait jusque-là quelle maladie elle pouvait bien guérir. L'année précédente, sur le modèle des hormones prescrites aux femmes proches de la ménopause, il avait suggéré qu'on crée un médicament préparant les enfants à la puberté. Il suffirait de démontrer qu'elle était propice aux dépressions, et pouvait pousser les plus fragiles au suicide.

Mais il s'est souvenu que son avion avait atterri un vendredi. Il avait devant lui tout un week-end qui ne lui disait rien qui vaille.

L'écran de son portable était d'un bleu triste et gris. Son père devait être réveillé. À soixante-dix-huit ans, il ne dormait plus que trois ou quatre heures par nuit. Il disait que l'insomnie du grand âge le contraignait à la méditation. Le mois précédent, il en était arrivé à la conclusion que Dieu n'existait pas.

– Pourquoi ?

– Parce que je m'en fous.

Paroles mystérieuses.

Il l'a appelé. Il a décroché à la première sonnerie.

– Où tu es ?

– Je reviens de Chicago.

– Moi, j'écoute la radio.

– Baisse le son, je t'entends mal.

– On se rappellera.

Son père a raccroché. Tibère a rappelé, il a laissé sonner. Il a abandonné quand il a compris qu'il avait débranché la prise. Il avait un père glissant, une sorte de père en savon qui lui échappait des mains quand il essayait de s'en saisir.

Il préférait écouter la radio que la voix de son fils. Il a ri en l'imaginant sous forme de savonnette. Les yeux comme des gouttes, la bouche comme une bulle, et cette mousse comme une barbe blanche qui aurait poussé depuis leur dernière entrevue.

Marjorie avait des remords. Elle n'aurait jamais dû toucher au sexe de Tibère. Il avait répandu un poison dans son organisme. Un venin qui profite de la moindre fissure pour traverser les couches superficielles du tube digestif, et se mêler au sang. Elle est allée à la salle de bains et, après avoir essayé sans succès de vomir en enfonçant les doigts dans sa gorge au-dessus du lavabo, elle est revenue s'enfermer dans la chambre.

Tibère a entrouvert la porte.

– Laisse-moi.

Il est retourné s'asseoir sur le canapé. Cette fille était plus épuisante encore que la nuit blanche. Il a fermé les yeux, ses paupières étaient tapissées de soucoupes volantes orangées. Il a essayé de grimper dans celle qui lui paraissait la plus proche et de s'endormir.

Marjorie s'était endormie aussi, bercée par le bourdonnement de la plateforme qui continuait à vibrer paisiblement à l'autre bout de l'appartement. Elle s'était étendue en travers du lit sur le ventre, bras le long du corps, fesses offertes, comme si elle attendait qu'un sex-toy sorte de sa boîte et pique du nez sur elle comme une roquette. Sommeil noir. Si on l'avait réveillée, elle aurait eu simplement l'impression qu'on venait d'allumer la lumière dans le placard où elle s'était enfermée pour quitter provisoirement la réalité.

Elle n'a pas bronché quand le sol de l'appartement s'est effondré là-bas, ouvrant une faille dans la salle de gym comme si via les fondations une secousse sismique était montée jusqu'au quatrième étage. Le lit avait sursauté, mais elle était demeurée immobile, collée à lui.

Avant de s'endormir, elle avait pris la décision de quitter Tibère. Elle lui laisserait l'appartement, et elle irait habiter chez sa sœur puisqu'il répugnait à émigrer chez elle. Quand il l'aurait indemnisée pour toutes les années qu'elle avait perdues avec lui, elle achèterait une maison loin de Paris, dans une zone reculée où les prix ont tout juste rattrapé l'inflation depuis l'instauration du franc Pinay. Elle était prête à supporter une heure et demie de train chaque matin pour se rendre à son travail, et à piétiner sur le quai les jours de grève en souhaitant aux employés de la SNCF une mort aussi lente et douloureuse que celle dont on menace les fumeurs sur les paquets de cigarettes.

Tibère se trompait. Elle avait une personnalité dominante. Une couche de conscience qui recouvrait les autres, et prenait en définitive les décisions. Comme un PDG majoritaire qui n'a pas à tenir compte de l'avis des membres de son conseil d'administration. On pouvait l'appeler Marjorie, sans se croire obligé de lui attribuer une foule d'autres prénoms quand elle changeait de cap.

Marjorie s'est réveillée. Elle s'est demandé si en définitive elle n'allait pas rester, supportant en silence de l'aimer trop, au lieu de rompre dans l'espoir que cette douleur s'arrête. Elle ne l'aimait peut-être qu'à peine, mais le peu d'amour dont elle était capable perturbait son équilibre délicat. Elle ne voulait plus d'histoires dans sa vie. Aimer constituait une dépense de soi, une perte, un déficit, qu'en pointilleuse gestionnaire elle ne pouvait admettre.

L'immeuble devenait de plus en plus bruyant. Des pas dans l'escalier, des cris, des cavalcades. L'immeuble était en panique. Immobile dans le couloir, Tibère réalisait que cet effondrement entraînerait des travaux.

Marjorie s'est mise à hurler en entendant quelqu'un sur le palier hurler aussi.

Il était cinq heures, Abel apportait les dernières dépêches à Gédéon.

– Pourquoi tu es toujours fourré dans mon bureau ?

– À demain.

Quand Abel a eu tourné le dos, il s'est intéressé quand même à la première dépêche. Elle faisait état d'une révélation sur la vie privée de J.F. Kennedy, que le FBI venait de rendre publique après un demi-siècle de black-out. De février à septembre 1958, il avait consulté une vingtaine de médecins, dont un à Londres et deux à Paris, pour troubles de l'érection. Il avait été brièvement reçu par Jacques Lacan qui avait en quelques mots posé son diagnostic.

– Une érection n'est pas une élection.

Il avait répété cette phrase à son frère Robert qui durant la guerre avait eu pour maîtresse une infirmière de la Croix-Rouge française. Il l'avait rassuré, car à son avis il s'agissait d'une boutade de charlatan, et probablement pas d'un sort jeté à sa carrière politique. Le 1er octobre de cette année-là, le futur Président a été la proie d'une érection définitive. Une érection que rien ni personne, pas même Marilyn Monroe, n'est jamais parvenu à faire tomber. Elle a persisté à l'hôpital de Dallas où on l'avait transporté après l'attentat. Selon le rapport du chirurgien qui s'apprêtait à l'opérer, son sexe n'avait molli qu'une minute trente-cinq après l'arrêt cardiaque. Son épouse a confié longtemps plus tard à une amie que ce priapisme était si douloureux que son rhumatologue procédait régulièrement à des infiltrations de corticoïdes dans le corps caverneux. Il n'en avait pourtant jamais voulu à son pénis, que depuis ce matin d'octobre 1958 il appelait *lucky charm*.

Pendant que Gédéon se demandait pourquoi le FBI ne disait pas quel événement extraordinaire avait pu réveiller le sexe de J.F.K. après des mois d'asthénie, Abel remontait déjà guilleret le boulevard Saint-Germain. Il avançait vent debout. Des rafales glacées, et un souffle continu moins froid qui lui semblait tiède.

Ses parents lui louaient un deux-pièces rue Guisarde à peine en dessous du prix du marché. Quand il n'avait pas réglé son terme en fin de mois, ils lui envoyaient un huissier. Ils avaient l'argent douloureux. Chaque euro déboursé était une goutte de sang versé. Sa mère cousait ses robes d'après des patrons découpés dans *Modes et*

Travaux. Elle était pourtant coquette, et regrettait de porter des vêtements qui étaient à la haute couture ce que l'eau de vaisselle était au champagne. Lorsqu'elle en était réduite à devoir acquérir une paire de collants, l'achat commis elle devait s'étendre en rentrant chez elle, épuisée comme après une saignée. Quant à son père, il avait acquis récemment des notions de dentisterie afin de pouvoir rafistoler ses mâchoires pourries.

L'appartement était situé au premier étage d'une maison bancale. Les fondations avaient été renforcées cinq ans plus tôt, mais elle menaçait toujours de s'enfoncer dans la carrière désaffectée sur laquelle on l'avait bâtie.

Il a éclairé la chambre et aussitôt éteint. Comme on déclenche un flash le temps de prendre une photo. Son mec dormait sur le bord du lit. De peur qu'il ne tombe il l'a poussé vers le mitan. Pour Abel, l'homosexualité c'était le bonheur. Les autres amours lui semblaient inférieures et sordides.

Dehors, des gens sortaient de chez Castel et parlaient haut. Il les imaginait tête renversée, propulsant leurs phrases dans les airs. Ils étaient si saouls, qu'ils les prendraient bientôt pour des cordes, et ils s'en serviraient pour grimper jusqu'au ciel.

Tibère et Marjorie ne savaient pas si le couloir était envahi de pompiers, de policiers, ou d'extraterrestres. Elle ne se rendait pas compte qu'elle était nue. Il ne se souvenait plus qu'il était en caleçon. Les uniformes qui circulaient autour d'eux et s'approchaient du cratère ne leur prêtaient aucune attention, et la nudité de Marjorie ne les émouvait pas davantage que celle d'un cadavre croisé dans une ville en ruines.

Malgré tous les bruyants événements qui avaient émaillé la nuit de l'immeuble, les voisins du dessous avaient résisté à la tentation de mettre le nez hors de leur logement pour contempler la cavalcade des pompiers, ou pour monter sonner les cloches à ce couple infernal qui passait l'aspirateur à deux heures du matin.

À vingt-trois heures trente, Cruche Martinet qui regardait avec son mari un marathon caritatif à la télévision, avait été prise soudain d'une vive douleur à l'estomac. À la cinquantaine, elle avait commencé à souffrir d'une hernie hiatale. D'année en année, elle avait négligé de se faire opérer. À quatre-vingt-quatre ans, il n'était même plus question de chirurgie, et le médecin lui avait dit qu'elle n'avait plus désormais qu'à vivre en bonne intelligence avec sa hernie.

– Vous mourrez toutes les deux le même jour à la même heure, comme de vieilles amies qui s'aiment trop pour crever chacune de son côté.

Quand une crise survenait, la seule chose qui la soulageait était d'avaler un potage bien chaud.

– Encore ce feu dans mon ventre.

Elle était allée à la cuisine. Elle avait trouvé la bouilloire lente, et la poudre paresseuse. Elle avait pourtant consenti à se dissoudre. Elle s'était brûlée en avalant à grosses lampées le contenu du bol. Elle était retournée au salon.

– Je suis apaisée.

À la télé, le marathon s'éternisait. Les dons affluaient, et la maladie que la chaîne sponsorisait ce soir-là devenait milliardaire. Galopin Martinet se prenait même à l'envier, l'imaginant se prélassant au soleil dans son bocal en cristal de roche sur le pont d'un yacht voguant dans l'archipel des îles Grenadines.

Cruche s'est mise à bâiller.

– On pourrait aller se coucher ?

– C'est non.

Malgré son grand âge, Galopin Martinet demeurait un fervent adepte de la discipline conjugale. Il n'aurait pas hésité à porter la main sur elle si elle avait regimbé.

– J'ai sommeil.

– Tu te tais.

Elle s'était tue. Elle avait fermé les yeux, mais il l'avait réveillée du bout de sa pantoufle.

– Excuse-moi, je suis si fatiguée.

– Nous regarderons l'émission jusqu'à la fin.

Au moment où il avait éteint le poste, les pompiers avaient débarqué dans l'immeuble pour la première fois de la nuit. Madame Martinet avait fait plusieurs pas en direction de la porte pour aller voir ce qui se tramait dans l'escalier. Galopin n'entendait pas modifier son agenda nocturne pour une obscure histoire d'incendie.

– Nous allons nous coucher.

– Oui, Galopin.

Il l'avait catapultée dans la chambre avec autant de vigueur que le lui permettait sa main tremblante et crochue.

– Je te demande pardon, je suis si curieuse.

– J'en ai assez de te pardonner.

En d'autres temps, Monsieur Martinet aurait sévi. Mais il aurait un siècle dans dix-huit mois, et l'âge l'avait rendu indulgent. Ils se sont couchés, laissant une veilleuse orangée plantée dans une prise de courant, car il entendait pouvoir donner un coup d'œil à sa femme quand il se réveillait par hasard dans la nuit. Encore aujourd'hui, il exigeait qu'elle dorme mains en l'air comme si elle était en état d'arrestation. Quand il la surprenait les bras ballants, il la réveillait en sursaut d'une griffure au cou de ses ongles jaunis par le temps.

– On dirait que tu es à la promenade.

– Merci de me rappeler à l'ordre, Galopin. Mon corps ne m'obéit plus, il est temps que je meure avant qu'il ne fasse de moi une rebelle.

– Pas de rebelle chez les Martinet.

– Fasse le ciel, mon ami.

Elle se sentait rassérénée en regardant dans la pénombre tous les crucifix dont les murs de la chambre étaient parsemés. Ces torturés lui donnaient du courage, cet homme dont la douleur depuis deux mille ans était donnée en exemple au monde agenouillé, lui faisait espérer une atroce agonie. Elle s'en voulait de cajoler à ce point son estomac, et se promettait de l'abreuver la prochaine fois d'un grand verre de vinaigre, au lieu de ce bon potage qui lui épargnait une douleur salvatrice.

Par ailleurs, les Martinet ne croyaient en Dieu ni en Diable, et voyaient simplement en Jésus un héros du sadomasochisme qui était allé jusqu'au bout du martyre. Cruche regrettait de ne pouvoir porter la barbe pour lui ressembler comme une sœur, et Galopin pensait que dans une vie antérieure il avait dû être un de ces soldats qui l'avaient si durement traité lors de l'ascension du mont des Oliviers.

Le bruit de l'aspirateur les avait tirés de leur sommeil. À cette occasion, Cruche n'avait pas résisté à la tentation de tendre l'oreille, et de prendre appui des deux mains sur le matelas comme si elle était sur le point d'entreprendre une manœuvre pour s'échapper du lit. Quels que soient les vicissitudes ou les besoins de sa pétulante vessie, Monsieur Martinet imposait l'immobilité absolue à son épouse jusqu'au moment où vers sept heures et demie il retournait le sablier posé sur sa table de chevet. Elle disposait alors de quatre minutes pour se rendre à la cuisine faire son café, et le lui apporter sur un plateau avec une assiette de gâteaux secs. À cet instant, rien ne l'autorisait donc à broncher de la sorte.

– Même en cas de force majeure.

– Je ne le sais que trop bien, mon ami.

– Un châtiment est nécessaire.

– Oui, Monsieur Martinet.

Quand elle sentait le flot brûlant de la culpabilité monter en elle, son mari cessait d'être ce Galopin bonhomme et indulgent, pour devenir Monsieur Martinet, un véritable patron de couple qui n'hésitait pas à sanctionner son épouse avec la cruauté nécessaire au blanchiment de sa faute. Quelques années avant, Cruche aurait écopé d'une suspension à la poulie qui aujourd'hui encore pendait près de la fenêtre. Mais son squelette n'était plus aussi solide qu'autrefois, et il aurait craint de l'endommager en la soumettant à pareil supplice. Il s'était donc trouvé un jour dans l'obligation d'imaginer une punition nouvelle, commode et sécuritaire. En cas de désobéissance nocturne, il l'obligeait désormais à s'en aller dormir sur le parquet, pelotonnée sous le lit dont les pieds étaient assez hauts pour lui permettre de se faufiler.

– Va, ma grande.

Cruche s'est extirpée péniblement du lit, et s'est étendue sur le sol.

– Et maintenant, ondule.

– Oui, Monsieur.

Elle s'est mise en effet à onduler pour petit à petit parvenir à se glisser sous le sommier.

– J'y suis, Monsieur.

– À présent, souffre, ma toute belle.

– Merci, de me traiter avec cette douce cruauté.

– Bonne nuit.

– Bonne nuit, Monsieur Martinet.

Malgré le bruit persistant de l'aspirateur, Galopin s'est rendormi aussitôt. Cruche se trémoussait sur le parquet, faisant tous ses efforts pour ne pas hurler, car ses vertèbres indignées de se trouver en pareille posture, avaient demandé à la moelle épinière de lui envoyer un douloureux message.

Quand le plafond s'était effondré, Galopin Martinet était mort écrasé sous les cent dix kilos de la plateforme. Il avait été recouvert d'un linceul de poutres et de briques. Cruche avait senti ployer le lit au-dessus de sa tête. Elle attendait la mort avec gourmandise, savourant par avance cette ultime brimade.

Mais en définitive, le lit n'a pas cédé et Cruche a survécu.

Les pompiers vaquaient chez les Martinet. Marjorie avait réalisé qu'elle était nue. Tibère l'avait suivie dans la chambre et ils s'étaient habillés en hâte.

Ils ont traversé le couloir sans être remarqués par les flics accroupis autour du trou qui regardaient le corps éclaté de Monsieur Martinet dont les pompiers achevaient de remplir une housse. On entendait crier Cruche depuis le salon où on la maintenait sur un fauteuil pour lui faire une injection de benzodiazépine.

Caméra à l'épaule, une femme interviewait un pompier devant l'immeuble. Tibère et Marjorie se sont enfuis. Ils sont arrivés à bout de souffle rue du Départ. Ils ont couru jusqu'à la gare Montparnasse. Ils ont emprunté l'escalier roulant. Les boutiques et les cafés étaient fermés. Par terre, des voyageurs dans des sacs de couchage. Sur les bancs, des sans-abri dans des vêtements qui leur servaient de seconde peau.

Le premier train partait à six heures vingt-six. Ils se sont demandé ce qu'ils feraient ailleurs. Ils ont quitté l'enceinte. Ils avaient croisé dans leur fuite la civière où reposait Galopin Martinet en charpie dans sa housse portée par deux pompiers hilares. Cette image demeurait en eux comme le fond d'écran de leur conscience. Ils avançaient obnubilés l'un derrière l'autre, et Tibère marchait devant.

Il a stoppé devant la tour Montparnasse. Marjorie s'est rapprochée de lui avec deux larmes en sautoir sur ses joues jaunies par la lumière d'un réverbère.

– Tibère, c'est un accident. L'immeuble est pourri, il ne tient plus debout. En plus, ce connard était vraiment vieux.

– Tu aurais préféré écraser un môme ?

– Je ne l'ai pas tué. Il est mort parce qu'il était dessous.

Tibère la trouvait quand même jolie. Il ne pouvait pas lui en vouloir pour un problème de maçonnerie. Il y avait justement un appartement à vendre au rez-de-chaussée. Si ce truc était tombé dans la cave, on n'aurait pas pris la peine de mettre dans une housse les restes des souris décédées.

– On ferait mieux de rentrer.

– Si seulement tu ne m'avais pas humiliée. Si tu ne

t'étais pas pavané en caleçon sur le canapé. Si tu ne m'avais pas effrayée avec ta bite embusquée derrière le tissu, je n'aurais pas été obligée d'aller vibrer comme une conne pour essayer de l'oublier. Je t'aime, tu comprends ? Je me suis toujours fait une haute idée de toi. Ton sexe ne s'appelle pas Tibère. Ton sexe, c'est une partie mineure de ta personne, c'est juste sa banlieue. Tu es la ville.

– Tu as terminé ?

– Je t'aime vraiment trop pour rester avec toi.

Elle était immobile, seuls ses yeux semblaient tourner dans leurs orbites comme des objectifs de caméras de surveillance.

– Qu'est-ce que tu cherches ?

– Je ne sais pas où aller.

– On n'aurait jamais dû partir. La police doit se demander où on est passés.

– Je ne veux pas être arrêtée.

– Malheureusement, ils ne t'arrêteront pas.

Ses yeux sont devenus fixes.

– Qu'est-ce que tu veux dire ?

– La garde à vue t'aurait calmée.

Ses yeux ont recommencé à produire des larmes. De longues larmes qui ont coulé jusqu'à sa bouche.

– Et s'ils m'arrêtent quand même ?

Elle l'a pris dans ses bras. Il l'a repoussée, car il a eu peur qu'elle s'aperçoive qu'il bandait. Elle aurait pris cette érection pour une insulte.

L'enquêteur Baptiste Gaubin tournait dans l'appartement. Il ne comprenait pas comment ce petit couple d'exhibitionnistes avait pu se volatiliser. Il expliquait au lieutenant Philips sa vision de la ville.

– Paris est vermoulu, il ne se passe pas de semaine sans qu'un immeuble s'écroule de l'intérieur. Quand ce n'est pas un morceau de rue. La chaussée s'effondre et toutes les gaines partent en couille. Court-circuit, et la canalisation de gaz explose. Une ville qu'on ferait bien de raser. Et de près. Qu'il ne reste plus un poil de poutre.

– Arrêtez, Gaubin. Vous me les cassez.

– N'empêche qu'ils ont disparu.

– Débrouillez-vous. Il nous les faut pour classer le dossier, si on ne les retrouve pas on sera obligés d'ouvrir une enquête.

Le lieutenant est parti, laissant Gaubin assis sur le lit de Tibère et Marjorie. Il a vu quelque chose de brillant. S'agenouillant devant la table de chevet, il a ouvert la cave à cigares. Il l'a vidée sur la moquette, et l'un des jouets s'est mis en marche. Il a eu un mouvement de recul, comme s'il avait libéré des bestioles multicolores tombées de Vénus ou de Mars. Il y avait un sex-toy en forme de fourmilier, et celui qui s'était réveillé en tombant avait l'apparence d'une marguerite. Les autres ressemblaient à des bites peinturlurées tranchées au ras du pubis de pauvres types fauchés qui auraient vendu leur sexe, à défaut d'avoir trouvé un sorcier pour acheter leur âme une poignée d'euros.

Il est sorti de la chambre. Il craignait de voir ces étranges animaux se répandre dans tout l'appartement, et le suivre jusqu'à son domicile. Ils se seraient collés à lui comme autant de sangsues, et ses filles auraient ri. Sans parler de sa femme qui, s'estimant cocufiée, lui aurait demandé de lui prêter son arme de service pour laver son offense dans le sang frais. Mais elle n'aurait rien dit, craignant qu'il ne la prenne au mot et ne profite de la mort comme d'une occasion de lui fausser compagnie, et de laisser derrière lui sa vie que personne ne lui envierait jamais.

Gaubin était seul dans l'appartement vide. Les pompiers avaient quitté l'immeuble, et le calme était revenu. Quand Madame Martinet avait été endormie, on l'avait expédiée à la Salpêtrière où on soignerait à son réveil les ecchymoses contractées sous le lit à force de gigoter sous son mari assoupi. Les autres habitants étaient rentrés chez eux. Aucun ne s'était recouché, de crainte de ne pas entendre les premiers craquements, signe avant-coureur de l'écroulement général. Certains buvaient du café devant la télévision, attendant vaguement de voir apparaître une photo du couple Martinet sortant de la mairie le jour de leur mariage, comme pour saluer la mémoire d'un époux exemplaire mort écrasé sous un instrument de gymnastique après avoir pris la précaution de mettre sa femme à l'abri. Malgré l'heure matinale, les plus effrayés buvaient un alcool sec tout en cherchant sur internet un logement en béton.

Il est entré dans la salle de gym. Il a allumé la lumière. Le trou béant jetait une clarté dans la chambre obscure. Le lit était debout contre le mur. Il avait l'air en bois, mais il semblait intact. Il a pensé que ces gens bizarres l'avaient fait renforcer avec des barres d'acier pour le rendre solide comme une cage. La machine disloquée avait été poussée dans un coin. Gaubin a aperçu une épaisse trace de sang sur la tôle.

– On dirait une coulure de bougie.

Il a tiré doucement la porte derrière lui, comme s'il craignait en la refermant trop fort de provoquer l'effondrement de toute la baraque. Il a fait une dernière ronde dans l'appartement, il a même ouvert la fenêtre du salon pour s'assurer qu'il n'y avait personne sur le balcon, ni même un type agrippé au rebord prêt à sauter sur le toit d'une bagnole pour prendre le large.

Philips était parti avec la voiture de service. Gaubin s'est dirigé vers le commissariat de la place Saint-Sulpice. Parvenu rue de Rennes, il a levé les yeux vers une pendule. Il était déjà six heures cinq. Il a appelé Philips, et avant de lui raccrocher au nez, il a pris le temps de lui dire qu'il allait se coucher. Puis, il a coupé la sonnerie. Il a senti vibrer le portable dans sa poche pendant quelques minutes, mais le lieutenant a fini par se lasser.

Il a pris le métro à Saint-Germain-des-Prés. Il a maudit ces désœuvrés qui sortaient groggy des boîtes au petit matin, et se traînaient sur les quais comme des loques. Il avait toujours rêvé d'être un noctambule, au lieu de faire le flic pendant qu'ils se gobergeaient. Il imaginait que ces gens-là menaient une vie merveilleuse dans ces espaces clos où l'on transpirait. Ils en sortaient humides, heureux. Il pensait que le bonheur était exténuant, une sorte de course, un critérium, une ascension, et grâce au champagne qui les galvanisait ils grimpaient les cols en danseuse jusqu'à l'aube. Leur sommeil était un long rêve où les plaisirs de la nuit leur remontaient à la bouche comme l'herbe que ruminent les vaches. Ils dormiraient encore quand il se réveillerait après quatre heures d'un sinistre sommeil, avec la perspective de regarder défiler les murs de son trois-pièces, en jetant parfois un œil sur l'église désaffectée taguée et couverte de croix gammées, inexplicablement quillée sur le bord du périphérique avec son dieu qui devait se boucher les oreilles sept jours sur sept pour ne pas entendre le bruit des voitures, des camions, des cars, et des motos psychotiques.

La vie ennuyait Gaubin. Il regrettait de s'être marié, au lieu d'avoir eu la présence d'esprit de poser son dispositif sexuel sur un coin de planche à découper et de l'écraser à coups de marteau pour lui faire passer l'envie de perturber son désir de solitude. La solitude était certes une douleur, mais il l'avait toujours préférée aux horreurs de la vie de couple. Il était bien avancé aujourd'hui, son sperme avait été complice de la conception de trois filles atteintes d'une maladie génétique qui les condamnerait tôt ou tard à la paralysie. L'aînée, lassée de transporter son corps avec deux béquilles, commençait à parler d'une chaise roulante. Il était exaspéré, et si ému, qu'il se cachait derrière un mouchoir en papier et ravalait ses larmes comme de la morve.

Après tout, il avait bien le droit d'être à bout, de laisser sa descendance derrière lui comme un pitoyable matheux trois erreurs dans un calcul numérique, et de plonger sous le premier métro avec l'élégance d'un joueur ruiné dans l'eau gris acier d'un étang sous un ciel au bord de l'orage au milieu d'un interminable mois d'août. Le trafic aurait été interrompu pendant trente-cinq minutes.

Il est monté dans un wagon. Il s'est assis tout au fond sur un strapontin. La plupart des banquettes étaient libres, mais il éprouvait le besoin de se replier. Il regardait le sol.

Il est arrivé chez lui. Sa femme lui avait laissé un post-it pour lui rappeler qu'il devait dégripper le volet roulant de la chambre des filles qui ne voulait plus remonter depuis dimanche. Il s'est couché. Il avait envie de dire à ses gosses qu'on venait de découvrir un médicament fabuleux. Juste pour voir disparaître sur le front de son aînée ce pli qui ressemblait de plus en plus à une ride.

Ils avaient marché tout autour de la tour. Tibère se demandait s'ils ne pouvaient pas monter faire une halte à son bureau.

– Pour quoi faire ?

Il n'en savait rien.

– On va rentrer boulevard Raspail.

Marjorie s'était blottie contre lui. Elle voulait rester là, en retrait de cette nuit absurde qui s'achevait dans le chaos. Elle savait qu'il était armé, mais elle préférait la menace d'une brutale érection contre son ventre collé au sien, à cette impression d'être une pièce dépareillée de la réalité, ce dispositif à retardement.

– Je ne veux pas rentrer.

Elle lui a donné un coup de reins, comme si elle prenait soudain les commandes de leur couple recommencé. Ils se sont mis à marcher sur le boulevard Montparnasse. Elle accélérait l'allure, et ils ont fini par courir comme des fuyards. Ils sont passés le long de vitrines en veilleuse, et de la Coupole éteinte. Marjorie a ralenti leur course pour négocier l'angle de la rue Delambre, puis s'en est suivi une accélération et deux cents mètres plus loin un arrêt brutal devant le Rosebud.

Ils sont entrés dans le bar. À l'intérieur, il y avait quelques couples qui préféraient boire encore un verre pour retarder l'instant où ils se retrouveraient une fois encore côte à côte dans leur lit. Trois esseulés disséminés dans la salle buvaient sérieusement, comme s'ils accomplissaient un mystérieux devoir.

Ils se sont assis au fond, à une table qu'ils ont reconnue comme une vieille amie. Quelques années plus tôt, ils échouaient souvent ici en fin de nuit quand après un dîner ils se trouvaient trop ivres pour ne pas boire encore. Mais depuis Tibère avait décidé de ne plus se saouler qu'à moitié. La légère couperose qu'il avait cru voir apparaître sur ses joues l'avait assagi. L'image que prenait de lui le miroir était pareille à une photo volée par un satellite espion. Elle lui donnait une idée exacte de tout ce qui se passait sous son visage, et à l'intérieur de sa tête. Il lui semblait qu'il voyait sa conscience ainsi que la brume dans laquelle elle baignait. Il se disait qu'il n'était pas paranoïaque, mais que par instinct de survie il se méfiait malgré tout de lui comme d'un autre.

Marjorie lui a pris la main. Elle était tiède, avec des doigts remuants, pas tranquilles, et il sentait les ongles hésiter à s'enfoncer dans sa chair pour mieux s'arrimer. Une drôle de chaloupe, une fille qui dérivait dans cette fin de nuit et à qui il servait de bitte d'amarrage. Elle voyait déjà à l'horizon la terre ferme se profiler, le grand jour, la longue journée aux horaires où elle s'accrocherait comme à des pitons pour parvenir jusqu'au soir. Une grande descente, pas une ascension, sa vie était une chute dont les lentes minutes ralentissaient la vitesse comme la résistance de l'air la course des gens tombant des tours de Manhattan sous le soleil du 11 Septembre.

Ils ont commandé des mojitos. Le serveur était la seule âme qui vive à n'avoir rien bu, et il courait des tables au comptoir avec sa tête moustachue et sournoise de fennec. Marjorie pensait qu'il était musulman strict, et fuyait tout autant l'alcool que l'anus de sa femme, car l'imam de la mosquée de la rue Myrha l'avait chapitré avant son mariage en lui présentant la sodomie sous le jour le plus sombre. Il l'avait convaincu qu'il s'agissait d'un loisir d'infidèles, que seuls les invertis et les couples dépravés pratiquaient dans leur chambre éclairée *a giorno* pour mieux narguer Mohamed qui les regardait effaré et furieux. Il projetait de faire sauter une grande pharmacie du boulevard Barbès dont il soupçonnait les réserves de déborder d'onguents.

En leur servant une troisième tournée, il avait sans doute imaginé de plutôt les flamber avec une cassolette de rhum. Le lendemain, il déciderait de gagner en catastrophe le paradis avec son épouse qu'il pendrait comme un jambon dans sa cuisine avant de se casser le crâne comme un œuf sur le bord de l'évier. L'imam de la rue Myrha refuserait d'accorder à son cadavre la moindre cérémonie. Il finirait avec des jambes gangrenées et des vésicules biliaires truffées de calculs dans le crématorium de l'hôpital Lariboisière.

Marjorie le regardait circuler. Elle lui trouvait vraiment une tête de renard.

– Il faudrait peut-être le dénoncer ?

– Qui ?

– Lui.

Elle lui a montré le serveur d'un coup d'index.

– Je crois que c'est un terroriste afghan.

– Il a un accent alsacien à décorner les bœufs.

Il avait maintenant maille à partir avec un excité dont les vêtements étaient souillés de vomissures, et qui le poussait pour entrer. Elle entendait distinctement sa voix haut perchée aux intonations germaniques. Elle a souri, satisfaite d'avoir une imagination aussi alerte que lorsque adolescente elle inventait des vies aux passants qu'elle croisait dans la rue en sortant du lycée Montaigne.

À présent, le serveur aspergeait le fâcheux avec une bombe lacrymogène qu'il avait prise à côté de la caisse. Le type a disparu dans la rue en hurlant, et dans le bar tout le monde s'est mis à pleurer. Marjorie s'est précipitée la première aux toilettes pour asperger ses yeux. Tibère et les autres clients l'ont suivie. Les gens se bousculaient, les têtes s'entrechoquaient au-dessus de la vasque, mais du robinet ne s'échappait qu'un mince filet d'eau.

Dehors, le jour se levait. Les plus matinaux étaient réveillés depuis longtemps. Ils avaient déjà un petit déjeuner, une douche, et une séance d'habillage derrière eux. Ils s'entrecroisaient sur les trottoirs, le visage luisant de maquillage ou d'une nouvelle crème anti-rougeurs qu'ils avaient appliquée avec soin sur leur peau rasée de frais. On aurait dit que peu à peu comédiens et figurants quittaient leur loge. Certains s'imaginent peut-être que la vie est un spectacle qui n'a jamais trouvé son public.

Malgré les lueurs de l'aube, le ministre continuait sa nuit. Il marchait, se croyant anonyme en évitant le rond de clarté des lampadaires. Mais les passants, qui se reproduisaient à la vitesse de la lumière, éclataient de rire en le croisant. Il ressemblait à un mauvais sosie, avec son nez en l'air qui paraissait avoir poussé depuis son dernier passage télévisé, ses paupières mauves, ses yeux rougis par l'insomnie, leurs poches gonflées à bloc, et son manteau qu'il avait sali en trébuchant une heure plus tôt dans une flaque d'huile tombée d'un camion dont le carter avait fui devant l'épicerie où le chauffeur avait livré deux cartons de yaourts.

Il ne savait pas où il allait. Il se souvenait de son rendez-vous à l'Élysée. Il ne serait peut-être pas annulé, et le Président l'engueulerait en l'obligeant à souffler dans son bol pour refroidir son café au lait. Il préférait malgré tout être un ministre bafoué, plutôt qu'un démissionné régnant sur sa femme de ménage et une nièce dans la mouise à qui il donnait à l'occasion trois ou quatre billets de cinquante euros pour éponger son découvert.

– Au Quai d'Orsay.

Il essayait de se donner un ordre pour s'éloigner du boulevard Raspail. Il fendait la foule qui commençait à se former rue de Rennes, et il se disait qu'il était un bateau, un offshore taillant la mer.

Il a fait demi-tour en apercevant le clocher de l'église Saint-Germain-des-Prés.

Il est arrivé dix minutes plus tard devant l'immeuble de Marjorie. Il n'osait pas sonner, et il sonnait quand même. Il trépignait, sonnait encore, puis il prenait la fuite comme un écolier blagueur qui prend ses jambes à son cou avant d'être poursuivi par une concierge en rogne. Il se réfugiait dans l'embrasure d'une porte cochère, tournant le dos au flux des passants dont il commençait à remarquer les rires.

– C'est grotesque.

Encouragé par cette constatation, il s'est retourné pour faire face à son destin. Il a soutenu le regard d'un jeune homme qui sous le capuchon de son survêtement, le moquait. Il a arrêté un taxi. Le chauffeur l'a reconnu et a refusé de le prendre en charge.

– Pas de ministre, pas d'emmerdes.

Il a redémarré précipitamment, et il a heurté avec son aile une jeune rousse qui venait juste de prendre un vélo au râtelier d'une station Velib'. Le chauffeur était si terrifié à l'idée d'avoir risqué de trimballer un homme d'État, qu'il n'a même pas jeté un œil dans son rétroviseur pour la regarder tomber. Sa tête a heurté le trottoir, et le vélo a dérivé jusqu'à s'étaler au milieu de la chaussée. Au lieu de la secourir, le ministre a traversé et a relevé l'engin avec les mêmes précautions que s'il avait manipulé un malade. Un bus a freiné pour le laisser passer. Il l'a garé à la station en prenant bien soin de l'enfoncer convenablement jusqu'à la butée, et d'attendre sagement que le voyant clignote.

Volvic a souri en se remémorant la démonstration que lui avait faite le maire de Paris deux ans plus tôt. Le ministre n'avait pas hésité à monter sur un vélo et à décrire une grande boucle autour de la tribune avant de le replacer sur son support, et de battre des mains lorsque la lumière était redevenue verte.

Il s'est demandé si, en cas de décès soudain du maire actuel, on ne penserait pas à lui pour reprendre les affaires de la ville. Un poste plus sûr qu'un ministère, et assez prestigieux pour lui garantir un accès régulier aux médias à chaque inauguration d'un nouvel abribus ou d'un arbre.

La fille était à présent entourée d'un petit groupe qui se chamaillait le plaisir de redresser une si charmante rousse.

Il a descendu la rue de Rennes. Un type qui venait de laisser sa vieille BMW au parking de la Fnac l'a agressé à propos de sa politique au Moyen-Orient.

– Ce n'est pas ma politique, c'est de la politique.

Il a craché sur lui. Volvic a évité le jet de justesse. Il lui a paru blanchâtre quand il l'a vu couler sur la truffe d'un chien que promenait un jeune retraité en pantoufles. Il s'est demandé si le ministère de la Culture ne serait pas plus tranquille. Mais en définitive, il a opté pour la mairie.

Tibère et Marjorie étaient sortis du Rosebud. Parvenus à l'embouchure de la rue de Rennes, ils ont pénétré dans la même foule où pagayait Volvic. Il était retardé par des invectives, et il tournait en rond pour éviter les bouches des imprécateurs. Le couple marchait droit, au risque de dévier les autres passants de leur trajectoire.

Ils l'ont doublé. Ils ne l'ont pas remarqué, il ne les a pas vus. Mais le parfum de Marjorie a comme effleuré ses narines quand elle l'a frôlé. La tête lui a tant tourné qu'il a perdu le contrôle de sa déambulation. Il est tombé dans les bras d'une femme qui l'a repoussé en l'injuriant. Il a heurté un pylône avec l'épaule, et il s'est effondré. Un attroupement s'est formé autour de lui. Personne n'osait lui venir en aide, de crainte d'être soupçonné d'avoir participé à sa déstabilisation. Ses bras et ses jambes battaient l'air comme les pattes d'un cancrelat empoisonné.

Tibère et Marjorie sont arrivés place Saint-Germain-des-Prés. Le soleil se levait dans l'embrasure de la rue Bonaparte. On aurait dit qu'il allait s'envoler entre les deux rangées d'immeubles. Ils se souvenaient de la vie qu'ils avaient menée ensemble jusqu'à cette nuit, mais elle leur semblait aussi inaccessible que l'appartement du boulevard Raspail, cette crevasse dont ils ne pourraient plus désormais rejoindre les rives qu'encordés, en rappel, comme un refuge de haute montagne où l'on peut espérer cuisiner des nouilles sur un réchaud et prendre un peu de repos sur une couchette.

Tibère a pensé en regardant l'église qu'ils étaient deux organismes dans lesquels on avait versé une goutte de conscience. Il s'est demandé d'où venait cette goutte.

– D'un compte-gouttes.

Ses paroles se sont perdues dans le bruit du charroi. Marjorie avait froid, et sa brûlure semblait se réveiller. Elle s'est rendu compte qu'elle léchait soudain la paume de sa main comme un chien celle de son maître.

Ils se sont arrêtés au milieu du trottoir. Les passants les contournaient, fluides comme des ruisselets.

– Si on quittait Paris ?

– C'est partout Paris.

Ils n'ont pas prêté attention à ces phrases qu'ils avaient crachées comme de vieux chewing-gums.

Ils sont entrés aux Deux Magots. Le serveur a semblé surpris qu'ils commandent des mojitos de si bon matin. Il leur a demandé s'ils voulaient des croissants.

– Non.

Il a remporté la corbeille de viennoiseries posée devant eux. Il est revenu leur annoncer une catastrophe.

– Il n'y a plus de citron vert.

Ils ont éclaté de rire.

– Pas de citron vert, pas de mojitos.

– Exactement. Nous sommes désolés.

Ils se sont levés. Ils sont sortis. Ils riaient encore en traversant le boulevard. Le rire remplaçait une conversation qui aurait été faite de phrases vides qu'ils n'auraient écoutées ni l'un ni l'autre.

Ils sont entrés dans le Monoprix de la rue de Rennes dont on avait par erreur ouvert une porte. Une demi-douzaine de femmes de ménage époussetaient les rayons avec des plumeaux jaune d'or. Une forme humaine coiffée d'un bonnet de papier rose était perchée sur un engin de nettoyage qui lavait le sol blanc avec un faux air de dameuse préparant une piste absurde, plate, dégageant une buée chaude à l'odeur d'agrume.

– Vous devez ne pas être là.

Ils avaient vu un grand vigile occuper petit à petit

leur champ de vision. Ils ne voyaient plus maintenant que l'étoffe noire de sa veste. Ils ont levé les yeux pour voir cette bouche qui leur parlait.

– Il est impossible pour vous d'être ici.

Marjorie ne semblait pas comprendre ce qu'il voulait.

– Où ?

– L'ouverture du magasin ne s'est pas encore déroulée. À neuf heures trente, les portes s'ouvriront officiellement.

Les femmes de ménage progressaient, leurs plumeaux époussetaient à présent les têtes de gondole. Elles sont arrivées jusqu'aux caisses, et elles ont rangé leurs plumeaux entre leurs dents. Elles se sont emparées de lingettes dont elles avaient chacune un paquet dans leur poche, pour frotter avec rage les tapis roulants, les claviers et les lecteurs optiques. L'engin de nettoyage s'enfuyait au contraire vers les réserves, et la tête au petit bonnet dodelinait.

– Votre présence n'est pas souhaitable.

Le vigile a posé avec délicatesse ses mains sur leurs épaules. Il les a poussés lentement sur le trottoir. Très lentement, malgré ses longues jambes aux pieds chaussés de souliers interminables, miroitants, aux pointes usées et mates.

Ils levaient toujours les yeux vers lui, alors qu'il avait disparu à l'intérieur du magasin son devoir accompli.

Peu après, l'enseigne Monoprix s'est mise à clignoter pour signaler à ses clients que désormais le cœur du supermarché avait recommencé à battre et qu'il les accueillait maintenant à bras ouverts.

Volvic avait été secouru par un jeune chirurgien mécontent d'être retardé par un pareil incident. Après s'être assuré que la colonne vertébrale n'avait pas été endommagée, il a appelé une ambulance qui appartenait à une compagnie dont il avait acheté la moitié des parts l'année précédente.

On l'a embarqué encore un peu sonné, mais assez conscient pour se souvenir de ce petit déjeuner avec le Président. Du reste, la veille il n'avait mangé qu'une demi-douzaine de belons à la Closerie et il avait faim.

– À l'Élysée.

– On vous emmène à l'hôpital Cochin.

– J'ai rendez-vous avec le Président de la République.

Les brancardiers se sont regardés. Après lui avoir demandé ses papiers pour s'assurer qu'il n'était pas son double, ils se sont faufilés tant bien que mal dans l'embouteillage matinal de la rue de Rennes et ils ont mis le cap vers le faubourg Saint-Honoré.

Les services de sécurité ont tiré sur l'ambulance quand elle est entrée dans la cour d'honneur. Elle s'était engouffrée à la suite du Président qui arrivait au Palais dans une voiture blindée de petit format perdue comme un poussin au milieu d'un essaim de motards. Selon la rumeur, il passait ses nuits dans un établissement échangiste où avant de débarquer il faisait crever les yeux des clients pour éviter d'être reconnu. En réalité, il avait dormi chez son épouse, une Jauffret élevée à Marseille dans la médiocrité, qui considérait la verge présidentielle comme son bâton de maréchal.

L'ambulance a pu rouler jusqu'au perron. La carrosserie était grêlée d'impacts. Volvic a réussi à ouvrir la portière coulissante, et il a surgi. Les ambulanciers ont eu le temps de s'extraire avant que, touché au réservoir, le véhicule ne prenne feu.

– Cet âne de Volvic.

Le Président riait tellement qu'à force d'être tordu il donnait l'impression de chercher à brouter le gravier.

– Volvic, vous serez vraiment toujours une pauvre andouille.

Et l'arrachant à la vindicte de deux policiers en civil qui s'apprêtaient à l'importuner, il l'a entraîné à l'intérieur du Palais.

Les ambulanciers ont fait les frais de cette équipée. Ils ont raconté plus tard qu'à la suite de coups de revolver tirés à bout portant dans leurs rotules, on avait été obligé de leur couper la moitié des pattes.

Parvenu au bas du grand escalier, le Président a annoncé à Volvic en fronçant les sourcils que leur petit déjeuner était annulé.

– Vous pouvez prendre votre matinée.

– Merci, Monsieur le Président.

Et comme pour le tancer, il lui a tiré l'oreille avant de grimper l'escalier du pas nerveux et chancelant de l'alpiniste furieux d'avoir oublié son piolet.

Le ministre a quitté l'Élysée. On nettoyait la cour au jet d'eau, car le sang des infirmiers avait taché le gravier. Il a marché dans la rue, ébloui par le soleil qui lui brûlait les yeux après cette nuit blanche. Il s'est dit qu'il était encore plus jeune qu'au temps de son externat, quand il sortait gazouillant comme un moineau à l'oreille d'une petite infirmière après une garde de quarante-huit heures. Il avait à présent l'éternelle jeunesse des vieux, robuste et blême comme le marbre de leur tombe que des ouvriers sont en train de découper dans une carrière du sud de l'Italie.

– L'éternelle jeunesse des vieux ?

Il s'est mis à ricaner. Cette pensée lui a semblé délicieusement comique.

– Je suis primesautier.

Il a même essayé d'exécuter un petit saut, en voulant faire un jeu de mots de mime.

Séphora était blonde. Elle ne s'était jamais épilée de sa vie. On aurait pu compter les poils qu'elle avait aux aisselles. Elle avait entrepris un soir d'inventorier les rares et longs qui flottaient à sa vulve, ils n'étaient que quarante-sept. Elle sortait pourtant du même atelier que sa sœur, un couple de parents qui s'étaient séparés en 1977, juste après la naissance de Marjorie dont la touffe si noire avait bouleversé Volvic.

Elle habitait boulevard Vincent-Auriol, au vingt-cinquième étage d'une de ces affreuses tours dont les cafards des conduits d'aération qu'on gaze chaque mois, ressemblent étrangement à ceux qui grouillent dans les entrailles de leurs grands-mères new-yorkaises.

Elle était oisive depuis onze ans. Elle n'avait travaillé que trois trimestres dans une entreprise de panneaux solaires. Elle se souvenait d'un bureau très flou avec un téléphone gris aux touches inexplicablement rouges. Elle avait cependant encore en mémoire le goût amer du café qui mijotait du matin au soir dans la verseuse de la cafetière électrique, celui du chocolat aux écorces d'orange dont elle se gavait quand on lui reprochait sa rudesse envers les clients, et la crème caramel de la cantine à la sauce aussi noire que le café.

Dans son souvenir, ses anciens compagnons de chiourme avaient des visages aux traits atténués, et des yeux sans brillance, comme dépolis, de la même couleur fanée que leurs paupières. Elle avait eu pourtant de brèves histoires d'amour avec certains collègues, et de fugitifs contacts érotiques avec tous les autres. S'il lui était arrivé de les croiser depuis, elle ne les avait pas reconnus. Eux non plus.

Son licenciement avait eu pour cause première une sombre histoire de fellation au cours de laquelle elle aurait manifesté sa mauvaise humeur en mordillant le gland trop sensible du directeur financier.

– Vous êtes folle. Je saigne.

– Nous les femmes, nous savons saigner en silence.

À la rentrée de septembre, il avait bouleversé l'organigramme et supprimé son poste fragile d'assistante auprès de la fringante HEC chargée de mettre en place un rocambolesque projet de prisons solaires au Brésil, en caressant l'espérance de créer un marché dans tout l'hémisphère Sud.

Avec ses indemnités, elle s'était acheté une vieille Renault dont les freins avaient lâché un dimanche au péage de Saint-Arnoult. Elle conservait de cet accident une légère claudication à la jambe droite. Un traumatisme crânien touchant la zone frontale du cerveau avait provoqué chez elle une forme d'hypersexualité beaucoup plus grave que celle dont elle était déjà affectée depuis l'enfance. Les assurances ont rechigné à prendre en compte ce handicap, mais à la suite de plusieurs expertises elles ont été condamnées à lui verser jusqu'à la fin de ses jours une rente mensuelle équivalente à deux fois le Smic afin de l'indemniser pour les dommages subis par son squelette.

Elle s'était masturbée au réveil, du bout des doigts. À l'ancienne. Elle se sentait de nouveau chaude et humide comme un ciel de mousson. Elle rêvait des bordels d'autrefois, où les bourgeoises consolidaient leurs fins de mois en faisant une passe entre un essayage chez leur couturière en chambre de la rue Madame et le ramassage des enfants au lycée Henri-IV. Elle rêvait de pénis abondants comme une pluie de hallebardes, sans compter les euros qui pleuvraient eux aussi, et s'avéreraient beaucoup plus roboratifs que tout le sperme répandu.

En novembre 2001, elle était partie à Copenhague avec un avocat chétif qui était rentré épuisé par le week-end d'obsédés qu'elle lui avait fait subir. Le dimanche soir, elle avait eu le coup de foudre pour un gode en latex couleur brique en vente à la boutique de l'hôtel. Elle trouvait sa teinte exotique, et elle s'était persuadée qu'il résultait du moulage d'un sexe de Peau-Rouge. Elle l'avait rapporté à Paris dans sa valise, comme dans les films muets les femmes en chapeau trimballaient leur amant dans une malle-cabine.

Elle s'en servit avec modération, mais elle avait trouvé un temps que c'était malgré tout une présence dans cet appartement où les hommes ne faisaient que passer. Ses draps amnésiques n'avaient pas les vertus du Suaire de Turin. Ils oubliaient leur image après l'amour, ou elle disparaissait comme une tache dans le tambour de la machine à laver.

Pour faire partager son engouement passager pour les amants synthétiques, elle avait organisé des ventes privées dans la salle des fêtes d'une mairie de banlieue. Outre les sex-toys, elle proposait aussi d'élégantes paires de menottes incrustées de strass et de la lingerie en vinyle. Elle avait quelques hommes dans sa clientèle qui venaient là chercher fortune. Ils repartaient seuls avec une provision d'accessoires achetés par politesse qu'ils n'oseraient jamais offrir aux femelles de leur famille, et dont ils se débarrassaient dans une bouche d'égout.

Marjorie avait été une de ses fidèles pratiques, et elle

avait adopté bon nombre des jouets qui peuplaient à présent sa cave à cigares lors de ces réunions où l'on causait orgasme à la bonne franquette, comme les ménagères des années soixante de la conservation des restes de blanquette dans ces boîtes en plastique aux couvercles colorés dont la marque est oubliée aujourd'hui.

Un soir de novembre où Marjorie était montée boire une tasse de chocolat pour se réchauffer au sortir d'un cinéma de l'avenue des Gobelins, Séphora lui avait présenté son morceau de mec. Elle le lui avait jalousement caché jusqu'alors, mais à la longue son penchant pour ce personnage s'était émoussé. En le dévoilant à sa sœur, elle espérait qu'il lui procurerait un dernier frisson.

Elle l'avait trouvé bien de sa personne.

– Il est trop mignon.

– Si tu veux, je te le prête.

Le visage de Marjorie était devenu d'un rouge beaucoup plus vif que celui du gode. Elle avait reculé, comme pour se mettre hors d'atteinte des improbables assauts de ce beau-frère.

– Tu es pourrie.

Elle avait lâché sa tasse. Le chocolat s'était répandu pour moitié sur le tapis blanc, le reste avait coulé en rigole sur le parquet.

Elle avait déguerpi en oubliant son écharpe et la boîte

d'Earl Grey que Séphora avait achetée pour elle chez Mariage frères. Elle avait disparu en cavalcade comme si elle venait de lui proposer l'inceste, dégringolant les vingt-cinq étages par l'escalier brut de béton qu'éclairaient les pictogrammes *sortie de secours*. Il pleuvait dehors. Elle avait renversé la tête en arrière pour sentir la pluie glaciale laver son visage en pleurs.

Le lendemain, son cerveau avait déjà remisé cette soirée dans une zone obscure de sa mémoire, et comme chaque samedi elle avait pris le RER pour assister à la présentation d'un nouveau jouet profilé conçu par un artiste de Los Angeles, dont Séphora venait de recevoir en exclusivité une douzaine d'exemplaires.

Pendant la saison d'hiver, qui pour des raisons mal définies semblait plus propice à la masturbation, Séphora gagnait plusieurs milliers d'euros par mois. Elle avait même à un moment envisagé de prendre un grand appartement pour en faire une auberge de jeunesse où les étudiants paieraient leur nuit d'un accouplement. À la suite d'une dénonciation par une cliente à qui elle avait refusé d'échanger le petit dauphin bleu avec lequel elle venait de rompre contre une limace vert pomme, elle avait été victime d'un contrôle fiscal qui l'avait dégoûtée à jamais des affaires.

Du reste, ses revenus avaient commencé à s'effriter, et elle aurait de toute façon fini par tirer le diable par la queue à cause de la concurrence des boutiques branchées qui vendaient désormais du gode dans le sous-sol de leur magasin où les mères se pressaient avec leurs filles afin de choisir un petit cadeau destiné à les récompenser pour leur bac obtenu avec une mention qui illuminerait plus tard leur CV.

Elle avait jeté depuis longtemps le Peau-Rouge au vide-ordures. Il avait dévissé en se cognant contre les parois de la gaine comme la dernière des cannettes. À force de méditation, elle s'était même découvert une âme d'intégriste qui rejette les plaisirs du pénis artificiel dont elle se demandait maintenant s'il était destiné à dispenser les joies de la masturbation ou celle d'un coït avec un amant réduit à sa plus simple expression. Une intégriste qui s'était égarée chez des schismatiques, des fétichistes dont elle était allée jusqu'à vendre les grigris dans l'espoir d'en tirer assez d'or pour peupler une caverne de sexes reliés à des corps où circulait le sang.

Elle aimait la chaude peau des hommes. Elle se sentait bouleversée chaque fois qu'elle réveillait d'une caresse leur queue molle. Elle la tenait ensuite fermement dans sa main, comme on s'accroche à la vie, au lieu de fréquenter des godemichés raides morts.

Séphora se disait souvent qu'elle n'avait pas de passé. Quelques souvenirs dans sa mémoire comme des caisses poussiéreuses aux étiquettes moisies sur lesquelles il aurait fallu braquer une lumière pour avoir une chance de les déchiffrer. Son enfance scintillait parfois dans le brouillard qui montait en elle au moment où elle était prête à plonger pieds et poings liés dans le sommeil que lui procuraient un ou deux comprimés de Stilnox. Quelques éclairs, comme les matins d'école où elle entrait dans la boulangerie acheter un pain au chocolat, la tête hilare de l'ours Bombinou dans un livre d'images qu'elle avait encore au fond d'un carton, et ces retours en train de Brest où s'était installé son père après son divorce. Elles se regardaient attentivement avec sa sœur, et se demandaient pourquoi en rentrant leur mère hurlerait qu'elles étaient sales, et les récurerait dans la baignoire comme des gamelles. Comme si les baisers de leur père avaient laissé sur leurs joues une empreinte puante.

– Un petit passé.

Sa vie n'était sans doute pas assez dense. La plupart des années, des jours, des heures, comme des trous dont les bords étaient trop minces pour qu'on s'en souvienne.

Elle a regardé fiévreusement l'heure sur son téléphone, comme si elle se rappelait soudain un rendez-vous.

– Déjà dix heures.

Et rien à faire de la journée. Juste à regarder Paris derrière la vitre, compter les wagons sur le pont où passait le métro aérien, et à se demander si dans quelques décennies un maire n'aura pas l'idée aquatique et fantasque d'étendre des tentacules urbains jusque dans le fond de la Seine. Un ensemble architectural où l'on habiterait dans des bulles translucides, et où serait établi le plus grand magasin du monde, avec un infini de marchandises que les clients arracheraient aux rayons sans même ralentir la course de leur chariot électrique qu'ils piloteraient debout comme un char débordant de victuailles, de boissons, de compléments alimentaires, d'objets technologiques, dont certains fonctionneraient quand on les brancherait sur la bouche afin de ne pas gaspiller l'énergie éolienne de la respiration.

Elle a soulevé le couvercle de son ordinateur. Elle avait mis son profil sur plusieurs sites de rencontres. Sa photo en sentinelle sur internet, comme l'effigie d'une dragueuse désespérée sur le bord d'une autoroute. Elle ne prétendait pas trouver un homme, un de ces types qui deviennent en dix ans des époux mous qui durcissent à la seule pensée d'en sauter une autre. Elle ne cherchait pas un mâle pour bâtir un terrier, elle annonçait sur son CV qu'elle en voulait une ribambelle.

– Un seul à la fois.

Même si à l'occasion lui prenait la fantaisie d'en convoquer plusieurs à la même heure qui poireautaient à la cafétéria du Géant Casino en attendant qu'elle leur envoie un message pour leur annoncer que leur tour était venu. Elle était presque toujours déçue, ils avaient dix ans de plus que sur leur photo, et beaucoup étaient si impressionnés qu'elle devait supplier leur sexe à bouche que veux-tu avant qu'il ne daigne redresser la tête. Certains s'en allaient penauds sans avoir bandé, car de guerre lasse elle ne prenait plus la peine d'essayer de les consoler comme une mère son enfant qui pisse encore au lit à dix-sept ans.

Ce matin-là, ils étaient si nombreux à postuler, qu'elle a eu peur de cette foule de pèlerins qui grouillaient dans sa boîte à mails comme des écrevisses dans un trou d'eau. Elle en a quand même appelé un. Son pseudo était Macho, et il disait qu'il avait vingt-quatre ans. Sur sa photo, on lui en aurait donné beaucoup moins. Les jeunes l'attendrissaient. Elle aimait qu'ils l'embrassent sur la bouche, alors qu'elle serrait les dents avec les hommes mûrs qui dardaient en vain leur langue contre la digue de ses dents.

– Je vous donne le code de l'immeuble.

– Je suis au boulot.

– À midi pile. B 23 98, vingt-cinquième étage, avant-dernière porte à droite en sortant de l'ascenseur.

– J'ai un rendez-vous à Massy-Palaiseau.

Elle a raccroché. Les hommes couraient ventre à terre après le sexe. Il serait ponctuel, même s'il devait venir à la brasse dans l'eau insalubre des caniveaux.

Elle a enlevé les magazines qui encombraient le canapé. Elle a jeté dessus un drap plié en deux. Il la baiserait là. Elle n'avait aucune envie de retrouver le soir venu des miasmes de ce type dans son lit. Elle n'avait pas encore osé remplacer le drap par un rouleau de papier comme dans un cabinet médical. Pareils à des préservatifs, les hommes ne servaient qu'une fois. Elle regrettait que sa fringale de mecs l'oblige à ces rendez-vous sordides. Elle rêvait parfois d'une vie apaisée.

– Mais, j'aurais trop de temps.

Sans hommes, les heures lui paraîtraient encore plus denses et difficiles à traverser. Des murs qu'elle briserait du marteau de sa tête, et son front deviendrait gris comme le fer.

Elle a allumé la télé. Les bulletins météo se succédaient jour et nuit sur toutes les chaînes d'informations. Les performances du soleil semblaient passionner encore davantage l'humanité que celles des bombes et des pauvres cyclistes toujours à la peine sur leur vélo. Elle a trouvé une émission où un couple mal doublé vendait une poêle à charnière.

– Si pratique, pour la ranger dans le petit placard de votre kitchenette.

Elle s'est fait couler une tasse de café avec la machine que sa mère lui avait offerte pour Noël. Son père s'était fendu d'une enveloppe de cent euros en billets de cinq pour obtenir un effet de liasse.

Marjorie avait toujours caché à ses parents son grade de maman. Séphora s'était scrupuleusement abstenue de cafter. Leur mère continuait à se plaindre chaque année de n'avoir pas le moindre petit-fils pour le gaver des cadeaux qu'elle aurait déposés nuitamment au pied du sapin.

– En attendant, notre sapin est bien triste.

Séphora aurait bien eu un enfant, mais elle ne voulait pas prendre la responsabilité de lui choisir un père. Elle ne pouvait tout de même pas stocker après usage tous ces préservatifs au congélateur pour mélanger leur contenu au bout de deux ou trois ans afin de se faire féconder par ce brouet en accordant sa confiance au hasard. De toute façon, elle reprochait aux enfants de ne pousser qu'à force de soins, de cris, d'angoisse, et de coups de pied désespérés donnés dans le vide par crainte de passer pour une marâtre. Une tâche épuisante, et en définitive elle préférait l'ennui à ce travail imbécile qui se terminait au moment où, à dix-huit ou vingt-cinq ans, le gamin lassé de vos services vous envoyait votre lettre de licenciement.

D'une manière générale, elle n'éprouvait pas le besoin impérieux de s'acoquiner avec un autre bestiau.

– Les chiens, il faut les descendre même quand il grêle.

Les oiseaux assourdissent, les chats sont paresseux, et elle avait peur des souris. Elle préférait encore tourner seule dans sa cage en regardant ce couple dont les deux paires de lèvres couraient après la bande-son. Ils faisaient à présent le panégyrique d'une passoire.

Elle est allée à la salle de bains. Elle s'est assise dans la baignoire, en se demandant si le temps passerait plus vite si elle se déshabillait et la remplissait pour attendre dans l'eau chaude le garçon d'internet.

Volvic traversait le pont de la Concorde pour gagner la Rive gauche et rejoindre son appartement de la rue du Four. Il était préoccupé par l'attitude du Président qui semblait vouloir le mettre en vacances, et il n'entendait même pas les invectives des passants. Il craignait de se voir bientôt interdire l'accès du ministère. Peut-être avait-il décidé de ne plus l'utiliser que pour apparaître, et continuer à donner son image aux médias pendant qu'une éminence grise expédierait les affaires à sa place. Il ne serait plus qu'une sorte de guignol consigné à son domicile, réduit à apprendre par cœur des textes qu'on l'enverrait réciter devant les caméras comme un potache sa poésie sur l'estrade.

En arrivant chez lui, il s'est introduit dans le petit sauna à infrarouges que sa femme avait fait installer à l'automne. Il s'est assis sur le banc sans prendre la peine d'enlever ni manteau ni écharpe. Il s'est gardé cependant d'allumer les lampes. Il ne cherchait pas à transpirer, il avait simplement envie de se retrancher du monde. Dans cet espace clos, ses idées n'iraient pas loin, et il pourrait les mettre en ordre. Il avait toujours rêvé de pouvoir les ranger soigneusement sur une étagère comme des bocaux d'herboriste où il n'aurait plus qu'à puiser au gré de ses besoins.

– Mon cerveau est une arrière-boutique sens dessus dessous.

Il a entendu des pas.

– Tu es seul ?

Sa femme a ouvert d'un coup sec la porte de verre. Il s'est levé, comme lorsque le Président entrait dans la salle du Conseil où on l'attendait depuis vingt-cinq minutes.

– Tu étais où cette nuit ?

– Un rendez-vous qui s'est éternisé avec un ministre chinois.

– Il s'appelle comment ?

– Je crois qu'il a un nom de fleur, ou de condiment.

– Pourquoi tu n'es pas à ton bureau ?

– J'ai pris ma matinée.

– Tu parles comme un employé.

– Le Président me l'a donnée, j'étais bien obligé de la prendre.

Elle lui a fait signe de sortir de là.

– En plus tu as gardé tes chaussures, c'est dégoûtant.

Volvic l'a suivie au salon. Elle s'est assise sur un fauteuil jaune qui lui a rappelé qu'elle n'était plus fidèle depuis longtemps.

– J'ai essayé toute la nuit de te joindre.

Il a fouillé hypocritement ses poches.

– Je crois que j'ai perdu mon portable.

– Tu n'étais pas au ministère non plus.

– C'était un rendez-vous informel chez un avocat marxiste. Les Chinois sont si méfiants avec ces jeux Olympiques.

– Bisou avait besoin de tes services. Une douleur dans le cou.

Quand elle parlait en sa présence de son amant en le désignant par ce sobriquet, il lui semblait que ce type était devenu soudain assez familier pour porter un de ses maillots de corps en coton côtelé.

– Maintenant, il dort dans la chambre du fond. Il m'a demandé de le réveiller dès que je mettrais la main sur toi. Il veut que tu le masses.

Volvic est devenu rouge de rage. Il a serré les poings en se penchant vers elle comme s'il voulait clore cette conversation humiliante par un K-O.

– Je ne suis pas kiné. Pas kiné. Pas kiné.

Il a traversé le salon en tapant des pieds.

– Pourquoi te mettre dans un état pareil ? Je n'y peux rien si Bisou n'a confiance qu'en toi.

Il avait les larmes aux yeux.

– Je ne veux plus entendre parler de cet abruti.
– Bisou t'admire beaucoup.

Volvic s'est dirigé vers le bureau où trônait le vieux téléphone à cadran en bakélite noire, qu'il utilisait toujours par sentimentalisme, car il avait sonné le 17 juillet 1964 quand son directeur de thèse lui avait annoncé qu'en définitive le jury était revenu sur sa décision et lui accordait le titre de docteur en médecine pour ne pas encombrer davantage par un redoublant cette fac déjà bondée.

Il a composé le numéro du ministère. Il a demandé à parler à son chef de cabinet.

– C'est Volvic. Faites-moi livrer immédiatement un portable rue du Four.

– Boris a été retrouvé chez lui avec une balle dans la tête.

– Un assassinat ?

– Un suicide, d'après les flics.

– Quel zouave.

Il a raccroché violemment.

– Mais enfin Gauthier, pourquoi tu es si nerveux ce matin ?

Elle le regardait avec tendresse. Il lui paraissait fragile. Elle avait envie de le prendre dans ses bras comme un blessé.

– Je crois que je suis amoureux de Marjorie.

– Un nom de femme un peu suranné.

Il a soupiré.

– Je ne l'aime pas, mais elle m'attire.

Les vêtements de Séphora étaient pliés, posés à cheval sur le radiateur. Elle avait de l'eau chaude jusqu'au cou. Elle prenait cinq ou six bains par jour, sa peau était desséchée et elle faisait le siège de la dermatologue du septième étage qui lui prescrivait des pommades et des comprimés de vitamine E. Elle rêvait souvent qu'elle prenait un bain de sperme dans une baignoire remplie par une armée surexcitée au soir d'un massacre. Elle ouvrait la bouche pour s'emplir goulûment de cette crème de mec.

Elle a étiré sa jambe droite hors de l'eau. Elle aimait ses pieds, ses cuisses assez potelées pour être sensuelles, et quand elle croisait du regard ses fesses dans le miroir fixé au-dessus de son lit qui reflétait celui de la vieille armoire à glace achetée dix ans plus tôt aux Puces de Saint-Ouen, elle les trouvait avenantes, sympathiques comme un de ces bébés joufflus dont l'image ornait au début du siècle dernier les boîtes de cold-cream et de talc. Son corps lui plaisait beaucoup plus que celui des plus beaux amants qu'elle avait pris le temps de contempler après l'amour, même si elle n'éprouvait plus depuis longtemps le désir de les garder chez elle immobiles, statues tièdes prêtes à se laisser réveiller comme des Blanche-Neige, d'un baiser.

Elle a entendu sonner son portable. Puis le fixe. Elle s'est dit que l'un comme l'autre finiraient bien par se lasser. Ils se sont tus. Elle commençait à avoir froid, elle a replongé sa jambe dans l'eau. Elle apercevait près du lavabo ses produits de maquillage en désordre. Elle avait vu dans une série que les morts étaient beaucoup plus faciles à retaper, on pouvait les repeindre comme une vieille voiture, et réparer une joue crevée par une poutre aussi aisément qu'une aile défoncée. Elle se ferait injecter un peu de botox à partir de la quarantaine, mais en fait de chirurgie elle attendrait le lifting posthume du thanatopracteur. Elle devait acheter du rouge à lèvres et du mascara. Elle irait demain au Printemps les faucher pour se distraire. Le vol lui semblait presque aussi excitant que l'amour.

La température de l'eau chutait. Elle est sortie du bain. Elle s'est épongée avec une serviette. Elle a longuement séché son corps avec le séchoir à cheveux. Elle aimait ce petit sirocco à qui elle pardonnait de déshydrater sa peau davantage encore que tout le calcaire de la Seine. Ensuite, elle s'est aspergée avec le lait à la kératine auquel la dermato attribuait des vertus miraculeuses.

– Midi ? Je lui ai dit midi.

Il serait là dans trois minutes. Il devait déjà faire les cent pas dans le couloir en attendant l'instant où il pourrait enfin sonner. Elle l'accueillerait vêtue de sa seule peau, avec sur la tête sa chevelure blonde et élégante comme un chapeau.

Elle s'est approchée de la baie vitrée du salon. Elle aimait montrer son corps à la moitié de Paris qui vaquait au-dessous d'elle. Elle savait que personne ne la regardait, à part peut-être au loin dans une tour du fin fond du XVIe un astronome amateur qui braquait dans la journée son télescope sur les fenêtres d'autrui pour surprendre un coït, un cambrioleur en plein travail, une famille attablée, accablée ou riant devant une assiette de poisson pané et de riz basmati. L'astronome aux aguets était improbable. Son image n'était perçue par aucune caméra, aucun œil. Une image inutile qu'elle-même ne voyait pas dans le reflet de la vitre, tant elle était collée à elle comme une affiche. Publicité absurde dans une ville saturée dont les habitants sont à la recherche de frustrations nouvelles.

– On sonne à la porte.

Elle s'est demandé pourquoi elle commentait soudain la réalité comme une voix off qui décrit l'action dans une pièce radiophonique. En plus, les auditeurs auraient très bien entendu le bruit de la sonnette.

Marjorie téléphonait frénétiquement à sa sœur. Elle était descendue dans les lavabos d'un tabac de la place Saint-Michel où ils avaient échoué comme deux billes à force de descendre le boulevard Saint-Germain et la rue Hautefeuille. Elle ne voulait plus se séparer de Tibère, mais elle voulait l'éloigner un peu tout en le gardant à portée de main. Elle allait l'installer chez Séphora, et il dormirait là-bas dès ce soir.

Elle l'avait vu une fois tout nu par hasard en venant les voir un matin à l'improviste. Elle lui avait dit qu'elle ne le trouvait pas sexy.

– Je me demande comment tu fais pour coucher avec lui.

– Moi, je le trouve beau.

– Tu as toujours été assez kitsch.

Il n'y avait donc aucun danger que Séphora se réveille pour venir taquiner son sexe.

Marjorie n'irait pas jusqu'à lui suggérer de l'enfermer

dans une nasse cadenassée pour prévenir toute velléité de masturbation nocturne, mais elle lui demanderait de fermer la porte à double tour et de dormir avec la clé autour du cou afin qu'il ne puisse pas jouer la fille de l'air. Sa sœur était la geôlière idéale, elle saurait lui garder Tibère à l'ombre durant toutes les nuits qu'elle déciderait de passer sans lui. Il pourrait certes la tromper dans la journée, mais à son avis les étreintes diurnes débouchaient rarement sur des histoires d'amour.

Elle avait déjà laissé plusieurs messages sur sa boîte vocale, et son fixe sonnait toujours dans le vide. Elle est remontée par le petit escalier. Il était si étroit qu'elle a eu l'impression de grimper par un sas. Tibère avait commandé un demi, et quelques cafés. Il n'avait pas bu une seule gorgée de bière, mais toutes les tasses étaient vides. Il était épuisé, sa tête n'arrêtait pas de retomber en arrière. Les craquements de son cou le réveillaient, et en se redressant il ouvrait grands les yeux sur un couple d'adolescents qui se croyaient regardés avec concupiscence par ce presque quadra devenu prématurément un vieux dégueulasse.

Marjorie s'est assise à côté de lui.

– Tu étais où ?

– Où tu veux que je sois allée ?

– Il faudrait quand même rentrer boulevard Raspail. On dirait qu'on est des fugitifs. Il vaudrait mieux devenir des victimes, et attaquer le fabricant de plateformes.

– On va inviter Séphora à déjeuner.

Elle l'a pris par le bras. Elle l'a levé comme un vieillard, et l'a entraîné dehors. Il s'est laissé marcher, comme on se laisse tomber. Arrivé devant les fontaines de la place, il s'est arrêté. Il a fermé les yeux, la fatigue existait à sa place et il n'éprouvait plus rien. Elle l'a poussé devant elle jusqu'à la station de taxis. Juste sa main posée sur son épaule qui exerçait une pression légère, et il avançait au lieu de s'affaler par terre endormi. Elle a ouvert la portière de la Mercedes qui stationnait devant la borne, et elle a appuyé sur sa tête pour qu'il se replie et bascule sur la banquette arrière.

– Boulevard Vincent-Auriol.

Tibère s'est endormi, il s'est effondré sur Marjorie. Elle lui a caressé le crâne, comme celui d'un chien qu'on emmène passer l'été dans un chenil en se promettant de revenir le chercher en septembre, en novembre, ou au pire à la fin de l'année, pour qu'il puisse passer Noël en famille et grignoter les reliefs de la dinde dans le garage où on l'aura enfermé pour qu'il n'arrache pas la joue de la poupée grogneuse gorgée de piles offerte à la gamine pour tenter de lui faire oublier ce bâtard.

– Où on va ?

Le taxi s'était arrêté devant la tour. Marjorie était déjà sur le trottoir. Elle a contourné la voiture.

– Tout le monde descend.

Il l'a regardée à travers une petite fente ménagée entre ses paupières.

– Viens.

Elle l'a traîné jusqu'à la tour. Elle ne se souvenait pas du code, mais Tibère n'oubliait jamais aucun chiffre, ni aucune lettre quand elle était accouplée à un chiffre. Ils sont entrés dans le grand hall sinistre, murs et sols recouverts d'une moquette noire, pleine de trous de cigarettes et d'estafilades, éclairage blanc, et des ascenseurs nombreux, peints en orange, aux poignées métalliques dont le chrome écaillé laissait apparaître la rouille. Une décoration à la mode des années soixante-dix, qui à l'époque semblait moderne à jamais.

– Pourquoi on est ici ?

Elle a appuyé sur le bouton du vingt-cinquième étage. Il écrasait son dos contre la paroi de la cabine. Il aurait voulu être un cheval pour pouvoir dormir debout.

– Dépêche-toi.

Marjorie était déjà sur le palier. Elle lui tenait la porte grande ouverte. Comme ses mains étaient prises, elle a allongé la jambe pour le ramener à la réalité d'un léger coup de botte.

– Tu viens ?

Il n'avait pas réagi. En gardant l'œil gauche fermé,

et en ouvrant à peine le droit, il a fini malgré tout par tituber jusqu'à elle.

Elle était vraiment soulagée à la perspective de passer la nuit prochaine loin de son pénis.

– À l'abri.

– Hein ?

– Séphora te prêtera sa chambre.

Il a ouvert son deuxième œil.

– Elle changera les draps ?

Elle a éclaté de rire. Il avait envie de rire aussi, mais il a renoncé devant toute l'énergie qu'il devrait dépenser pour remuer ses mâchoires, et il l'a laissée rire à sa place.

– Tu es Macho ?

– Oui, mais en réalité je m'appelle Ludo.

Séphora l'avait introduit au salon. Sur la photo de son profil internet, il avait un sourire de voyou et il portait une veste de jogging noire à capuche qui lui donnait un air de lascar. Il était là devant elle, son attaché-case à ses pieds, dans son costume bleu marine mal coupé, avec une cravate étroite, qui lui faisait l'effet d'être une laisse courte par laquelle son chef l'attrapait pour lui faire faire à genoux un tour dans les couloirs quand les commandes dégringolaient.

– Déshabille-toi.

Son sexe n'a pas tardé à apparaître. Une érection immédiate dès que l'animal s'est trouvé à l'air libre. Elle l'a pris dans sa main, et a reculé aussitôt pour éviter les effluves de sperme. Elle avait eu peur d'en recevoir sur ses cheveux, et d'être obligée de retourner cette après-midi chez sa coiffeuse qu'elle devrait supplier pour qu'elle accepte de la prendre en urgence entre deux rendez-vous.

Il a aperçu une boîte de kleenex sur la table basse. Il a nettoyé les taches sur le parquet, et après les avoir comprimés de son mieux entre ses paumes, il a déposé les mouchoirs dans le cendrier.

– Je peux aller à la salle de bains ?

Elle lui a montré le chemin. Elle l'a entendu utiliser brièvement le lavabo. À son retour au salon, il lui a fait un grand sourire.

– Tu es remis ?

– Oui.

Son sexe a remonté brusquement la pente. Elle a pris ses distances, mais Ludo lui a sauté dessus. Elle ne s'est pas débattue.

Quand Marjorie a sonné, le préservatif était déjà noué. Séphora était étendue sur le canapé, encore embrumée par l'orgasme consécutif à la longue performance de Ludo. Il s'était rhabillé. Il avait sorti un peigne d'un étui en faux crocodile, et se recoiffait devant l'écran éteint du téléviseur qui lui servait de miroir.

Marjorie a sonné de nouveau.

– Encore un représentant en meubles de cuisine, ou en climatiseurs.

– Je vends des climatiseurs.

Il a ouvert son attaché-case.

– Nous avons une promo jusqu'en mai. Paiement en trois fois sans frais, installation gratuite, garantie deux ans et réparation sur site.

Elle se demandait s'il était sérieux.

– Madame, je vous laisse notre catalogue. Voilà ma carte. Vous pouvez m'appeler sur mon portable même tard dans la soirée.

Il a posé les documents sur son ventre nu. Elle s'est redressée en les envoyant valser.

– Non mais, tu vas me foutre le camp.

Il a refermé l'attaché-case, et a mis sur son nez une paire de lunettes de soleil. Il avait un beau sourire commercial.

– Réfléchissez, madame. Passé la quarantaine, la canicule a des effets néfastes sur la jeunesse de la peau.

– J'ai trente-sept ans.

– La chaleur dessèche le revêtement cutané, et le vieillissement épidermial est accéléré.

Elle est parvenue à le jeter hors du salon. Elle a ouvert la porte.

– Tu te casses.

Elle a vu Marjorie flanquée de Tibère qui faisait un effort pour garder les yeux ouverts.

– On est venus t'inviter à déjeuner.

Ludo s'est retourné avant d'obliquer vers l'ascenseur.

– Décidez-vous vite. Notre promo s'arrête le 9 mai.

Séphora est allée chercher son peignoir pour que Marjorie ne l'accuse pas de s'exhiber pour lui faucher son Tibère.

Le corps de Galopin Martinet avait été transporté à la Salpêtrière. Les admissions se trouvaient ce soir-là dans le plus grand désarroi à cause d'une grève du personnel infirmier consécutive à la mise en examen d'une stagiaire qui acceptait de couvrir de baisers le visage des mourants solitaires en échange de deux cents euros.

Les pompiers n'ont pas eu le temps d'attendre qu'on daigne s'occuper de leur housse, et l'orienter vers la morgue. Ils l'ont abandonnée dans la cohue, avec autour du cou la fiche de renseignements qu'ils avaient remplie à la hâte boulevard Raspail. Le corps a stationné à même le sol jusqu'à neuf heures du matin. Il a été bousculé par des blessés mécontents de continuer à saigner sans autre ressource que leur manteau bouchonné dont ils tamponnaient frénétiquement leurs plaies, et des victimes de malaises cardiaques qui ruaient dans les brancards en menaçant le personnel réquisitionné qui se carapatait pour éviter les échauffourées.

Arrivée sur place dans un autre fourgon, en sa qualité d'octogénaire Cruche Martinet avait eu la chance de bénéficier d'un traitement de faveur. On l'avait installée dans une chambre du service gériatrique qu'une épidémie de gastro avait nettoyé récemment de la plupart de ses pensionnaires. Toujours assommée par la piqûre d'anxiolytique, elle dormait paisiblement. Elle avait un sourire extatique, elle s'imaginait expiant toujours sous le lit tandis que son sévère mari ronflait emmitouflé sous les couvertures.

L'enquêteur Gaubin avait été réveillé à dix heures trente par un coup de fil du commissariat. Le lieutenant Philips était dans une colère noire.

– J'attends toujours votre rapport sur l'affaire du boulevard Raspail.

– C'est un banal accident.

– Les Renseignements intérieurs sont sur le pied de guerre. Le ministre des Affaires étrangères a été aperçu à deux reprises la nuit dernière entrant et sortant de l'immeuble des Martinet. On l'a même vu rôder ce matin sous leurs fenêtres. D'après l'enquête de voisinage que je viens de faire effectuer en catastrophe, les Martinet sont soupçonnés de sadomasochisme. On peut supposer que Volvic se faisait fouetter par le couple, et que cette machine à la con était destinée à l'écraser en pleine séance.

– Volvic, un maso ?

– Une perversion fréquente chez les hommes de pouvoir.

Gaubin a remonté le volet roulant. L'église taguée était encore plus sinistre quand le ciel était maussade. Du périphérique embouteillé montait un nuage de gaz d'échappement gris ardoise.

Un passage sous la douche aussi rapide que la traversée d'une rue sous l'averse, pas le temps de se raser, et une tasse de café réchauffé trop fadasse pour enlever le goût de dentifrice qui persistait dans sa bouche mal rincée. Une chemise pas repassée, des chaussures au teint brouillé, et ce costume porté dix jours sans débander aux plaques d'usure brillantes comme des flaques de goudron. Le wagon de métro parfumé au citron vert suite à un conseil de l'agence de communication de la RATP, qui avait recommandé de faire un essai d'odeur dans quelques rames afin que les voyageurs se sentent aussi apaisés que chez eux en nettoyant un plat avec leur récurant favori.

Son téléphone qui sonne, alors que la rame arrive à la station Saint-Germain-des-Prés. La consigne qui lui est donnée d'aller directement à la Salpêtrière. Et toujours ce regret d'avoir oublié de se couper les couilles avant de se marier. Il respectait la démagogie qui permettait à la société de flatter les perdants, mais pas au point de croire que ses filles étaient ravies de devenir infirmes sans grand espoir de trouver un mari assez dévoué pour changer leur couche et baiser chaque soir leur corps aussi immobile que s'il était peint sur le drap.

À midi, Gaubin est entré dans la chambre de Cruche. Elle sortait à peine du sommeil, et elle bredouillait.

– Me voilà bien punie, Monsieur Martinet. Je vous demande pardon, mon ami.

Il n'avait pas le temps d'écouter ses fantaisies de vieille érotomane. Il s'est saisi de la carafe posée sur la table de chevet, et avec sa main mouillée il a entrepris de la sortir de sa torpeur.

– Merci de m'asperger, Monsieur Martinet. C'est la douche froide que je mérite. La douche froide, Monsieur Martinet.

Il a vidé la moitié de la carafe sur sa tête en priant le ciel que suite au choc thermique elle ne lui fasse pas une mort subite.

– L'eau glacée du châtiment. Merci, Galopin.

Gaubin a sonné l'infirmière. Elle est arrivée dans un beau corps bronzé rehaussé d'un visage aux yeux verts plantés comme deux émeraudes sous des paupières charbonneuses surmontées d'une paire de sourcils noirs comme des pneus.

– Qu'est-ce que vous faites là ? C'est pas l'heure des visites.

Il a sorti sa carte.

– Vous ne pourriez pas lui faire une piqûre pour qu'elle soit en état de répondre à quelques questions ?

– Je ne suis pas une collabo. D'ailleurs, vous sortez tout de suite. Cette vieille dame n'est pas en état de parler.

Excédé, il a vidé le reste de la carafe sur le museau énamouré de Cruche. Elle a ouvert la bouche, et elle s'est léché les babines pour en attraper quelques gouttes.

– Merci, mon ami, de consentir à m'hydrater malgré mes fautes.

L'infirmière a pris le bras de Gaubin, et l'a entraîné dans le couloir. Elle a appelé l'ascenseur, et l'a injecté sans à-coup dans la cabine.

Gaubin s'est retrouvé dans les jardins de l'hôpital. Un imbroglio de rues, avec des pavillons, des flèches, des véhicules livrant des malades sur des civières, des poches de sang, des bombonnes d'eau, des plateaux-repas dans des caissons isothermes. Il a pensé à une banlieue résidentielle où on mène une vie artificielle, sous perfusion, loin des campagnes aux arbres plantés dans l'anarchie. Loin de l'hystérie des villes, des bars où verre après verre on crève de soif, des hôtels où on pratique l'adultère à faire exploser les dernières familles encore debout sur leurs pilotis bouffés par la rouille. Loin de cette crasse créatrice dont on respire à pleins poumons les effluves aux carrefours dans l'incessant charroi des urbains en panique. Loin du risque d'exister, des émanations des voitures, des clochards tachés. Des gens reclus à l'intérieur d'un paysage rectiligne, circonscrit, où ils ne sortent des maisons que pour courir habillés comme des collégiens en cours de gymnastique dans l'espoir de prolonger leur éternité vide, transparente, où ils luttent pour ne pas peser plus lourd que leur âme damnée.

Il a cherché une issue. Il a croisé un infirmier, un médecin, ou un aide-soignant. Impossible de les distinguer, les blouses blanches n'ont pas de galons.

– Je cherche un portail.

– Un portail ? Pas de portail.

Le type est parti en riant.

– Je suis de la police.

– Pourquoi pas ?

Gaubin n'a pas osé sortir son arme pour tirer dans les nuages et ramener ce personnage qui diminuait maintenant dans le fond du décor à cette réalité quadrillée par la loi où il jouait ce petit rôle de flic qu'il n'aurait jamais accepté s'il avait eu le génie des escrocs.

Un quart d'heure plus tard, il est parvenu à s'échapper par l'entrée peu fréquentée de la rue Jenner. Il a appelé le commissariat. On venait de repérer la trace des portables de Tibère et de Marjorie. On lui a donné l'adresse de la tour où vivait Séphora.

– Mais l'opérateur est incapable de nous préciser à quel étage ils peuvent bien se trouver. Il les situe plutôt en l'air, mais il ne peut pas nous dire exactement à combien de mètres au-dessus du niveau de la mer.

– Et Volvic, on a retrouvé sa trace ?

– On est en train de devenir fous, depuis midi cet obsédé n'arrête pas de traîner sous ce putain d'immeuble du boulevard Raspail.

Gaubin circulait dans les méandres noirs du rez-de-chaussée de la tour. Il a trouvé un homme en combinaison claire qui lavait la porte d'un local technique.

– Je cherche le gardien.

Il lui a répondu par une sorte de moulinet avec son éponge.

– Où est le gardien ?

Il lui a fait un double moulinet avec les deux mains.

– Vous comprenez le français ?

Cette fois il a tourné la tête de droite à gauche. Gaubin s'est demandé pourquoi on avait importé ce pauvre garçon du bout du monde pour nettoyer une porte perdue au bout d'un couloir si mal éclairé qu'on n'en distinguait même pas la couleur.

Depuis une demi-heure, Tibère dormait sur le lit de Séphora enroulé dans une couverture qu'elle avait sortie du fond de la penderie du couloir. Une couverture usée, effilochée, qui semblait avoir longtemps séjourné dans le panier d'un chat. En réalité, elle avait servi pendant des mois d'écrin protecteur aux sex-toys dont Séphora faisait commerce. Ce n'étaient pourtant pas des couteaux, mais certains étaient hérissés de picots, de pointes de latex qui en dépit de leur douceur au toucher faisaient ressembler un peu ces objets aux gourdins cloutés pendus à la selle des chevaux des croisés, dont ils ne faisaient usage qu'en désespoir de cause lorsque leur épée avait été brisée durant un assaut contre les infidèles.

La couverture ne dégageait pas une odeur de caoutchouc, de plastique, ni celle des clientes qui malgré le veto de Séphora avaient essayé en fraude certains de ces jouets. Même quand la marchandise leur avait donné un bel orgasme, elles avaient soin de le reposer sur la table et d'en acheter un autre encore vierge et scellé dans son blister.

La couverture sentait Séphora, une odeur de peau de blonde et d'Eau d'Hermès. Malgré sa fatigue, Tibère avait bandé en s'endormant.

Séphora avait débouché une bouteille de bordeaux. Elle contemplait Paris à travers la vitre, comme on scrute l'horizon depuis le pont du *Titanic*. Une sorte de spectacle, même si les comédiens étaient trop éloignés pour qu'elle puisse distinguer leurs visages, entendre leurs répliques, et si elle ignorait tout de l'intrigue. Sa sœur essayait de lui coller Tibère, comme à une voisine un plat de haricots verts trop cuits dont on veut à tout prix faire profiter quelqu'un parce qu'on n'a pas le courage de les mettre à la poubelle.

– Tu vas le garder un mois ou deux. Peut-être seulement quinze jours. Il donnera ses fringues au pressing de la rue Jeanne-d'Arc. Il dînera au restaurant. Il ne rentrera que pour se coucher, et certains week-ends il viendra à la maison.

– Comme d'habitude, tu es complètement cinglée.

Elle parlait sans se retourner. Elle n'était pas certaine que sa sœur l'entende, que ses mots ne s'écrasent pas sur la vitre comme des bulles.

– Tu dois m'aider à sauver notre couple.

– J'étais d'accord pour l'héberger une nuit ou deux

dans mon espèce de placard à balais, mais je ne veux pas cohabiter avec un mec. Ça me dégoûte autant que de vivre avec un clébard.

– Il s'arrange toujours pour aller aux chiottes à son bureau, et il passe sa vie sous la douche. En plus, je te dis qu'il ne bouffera jamais chez toi, tu n'auras même pas à l'écouter avaler ses pâtes.

– Garde ton mec.

– Justement, je ne veux pas m'en débarrasser. Je l'aime, c'est l'homme de ma vie. Mais la vie, ça m'a toujours fait peur.

– Les hommes aussi, tu préfères les fausses bites.

Elle s'est souvenue qu'il lui restait un fond de stock quelque part dans la penderie. Mais elle n'avait aucune envie de les lui échanger contre le sex-toy de viande fraîche qu'elle essayait de lui fourguer.

– Je voudrais qu'il se calme. Qu'il me respecte. Je ne serai jamais sa petite pute. Si tu crois que c'est un cadeau, la bite d'un mec. Quand tu dois t'en occuper à longueur d'année. C'est une charge, c'est pire que d'avoir un môme sur le dos. Je n'ai jamais voulu de la garde de ma fille, alors je ne vais pas jouer les nounous de cette espèce de petit bébé sans bras, sans jambes, avec sa tête rouge de fureur qui réclame toujours la becquée.

Le verre de Séphora était vide. Elle l'a renversé au-dessus de sa bouche pour attraper la dernière goutte de vin rouge. La voix de Marjorie continuait à déverser à gros goulot des phrases de toutes les couleurs.

– Je ne lui demande pas de se faire opérer, tu sais bien que je ne suis pas du tout gouine. Tu te souviens ? Quand on était ados, j'ai toujours refusé tes avances.

– Je voulais juste te montrer comment on mettait un tampon.

Chaque année, elle se débrouillait pour lui rappeler cet épisode brûlant de leur jeunesse. Comme si d'ordinaire les sœurs ne se touchaient pas, comme si elles n'avaient pas le droit de se prêter leur brosse à dents ou un jouet sans écorner le tabou de l'inceste.

– J'ai vu à la télé qu'on faisait des piqûres aux violeurs pour qu'ils se calment. Il existe sûrement des comprimés, des dosages plus faibles mais assez forts quand même pour rendre la vie des femmes plus supportable. Un petit traitement facile à suivre, comme maman en prend un pour sa tension.

– Tu ferais mieux de lui trouver une maîtresse.

– Je crois que je serais jalouse.

Séphora ne l'avait certes jamais trouvé très attirant, mais finalement un pénis vaut l'autre et pour rendre service à sa sœur elle aurait accepté qu'elle lui dépose Tibère de temps en temps. Il serait rentré apaisé boulevard Raspail.

– Tu veux que je m'en occupe ?

– De quoi ? Il mènera chez toi une vie tout à fait

autonome. Je lui dirai même si tu veux d'aller se doucher le matin à la piscine de la rue Dunois, et d'apporter chaque soir sa bouteille d'eau pour qu'il n'encombre pas ta cuisine. Tu sais, il ne ronfle pas. Il ne t'encombrera pas plus que s'il était en plastique.

– Comme un gode.

Séphora a éclaté de rire contre la vitre. L'image de Paris étoilée de postillons comme une photo sur plaque de verre prise par temps pluvieux au XIXe siècle du haut d'un dirigeable stabilisé par miracle le temps de la pose au-dessus de la caserne Saint-Georges, dont les bâtiments n'ont été détruits qu'à l'automne 1967 pour pouvoir ériger cette tour où elle écoutait sa sœur déblatérer ses lubies avec la régularité d'un orgue de Barbarie déroulant son chapelet de feuilles de carton perforées.

Son téléphone n'arrêtait pas de sonner. Il aurait même pété si Volvic avait eu le temps de greffer cette niaiserie sur son nouvel appareil, car le Président l'avait appelé plusieurs fois. Il n'en pouvait plus de vadrouiller sous le balcon de Marjorie. Il est finalement entré dans l'immeuble derrière une femme qui revenait de faire un jogging au jardin du Luxembourg.

Il est monté jusqu'au quatrième étage, mais il y avait les scellés sur la porte. Il est redescendu dépité, triste et humilié comme il l'avait été soixante ans plus tôt quand une gamine de l'école l'avait entraîné dans le bout de jardin qui jouxtait le réfectoire, et lui avait demandé de fermer les yeux.

– Pourquoi ?

– C'est une surprise.

Elle avait parlé d'une voix si douce, qu'il avait obéi.

– Maintenant, ouvre la bouche.

Il l'avait ouverte en grand comme un gobe-mouches.

Avant de prendre la fuite, elle avait versé dedans une poignée de terre.

Il avait pleuré. Les jours suivants, il avait simulé une maladie imaginaire pour pouvoir rester à la maison. Il avait réintégré l'école bardé de haine. Pour la première fois de sa vie, il était fort et bien décidé à devenir maître du monde. À soixante-neuf ans, il ressentait comme une blessure de n'avoir jamais pu se hisser au-dessus du lumpenprolétariat de la politique. Comme le lui avait dit une fois le Président, les ministres étaient de vulgaires ouvriers.

– Et le Premier ministre un contremaître.

Il s'est assis près d'une fontaine Wallace. Un banc cerné par les voitures en stationnement sur le terre-plein central du boulevard. Le Président s'est de nouveau manifesté. Il était sans doute déçu que Volvic ait abusé de cette matinée de congé. À quinze heures dix, il aurait dû déjà être à son poste depuis quarante minutes.

– Je m'en fous.

Une mère passait par là avec son gamin.

– Pourquoi il s'en fout, maman ?

La femme a pouffé en le reconnaissant.

– Vous êtes le ministre Volvic ?

Il a levé la tête. Il avait l'air triste, usé. Son lifting semblait s'être effondré à force de désespoir, et on aurait dit qu'il datait de la première élection de George W. Bush.

Elle a été émue de le voir aussi défait. Elle lui a adressé un petit signe de la main avant de traverser avec le gosse qui s'est retourné en rigolant pour le prendre en photo avec son portable.

Il les avait vus passer comme des ombres. Il se demandait si Marjorie lui remplirait la bouche de terre s'il essayait de l'embrasser.

Il était parvenu à se traîner jusqu'à un café. Il avait commandé un calvados. Lui qui n'avait jamais bu d'alcool fort depuis une cuite infiniment lointaine à l'occasion d'une nouba pour fêter l'achat de sa première auto, une Dauphine rouge qu'il avait comparée au petit matin en levant son verre, à une tomate.

Il était sorti. Malgré deux calvados, sa souffrance était toujours aiguë. Il avait appelé cinq minutes plus tôt le Quai d'Orsay pour réclamer une voiture. Elle devait arriver d'un instant à l'autre. Son chef de cabinet lui avait annoncé que le Président l'avait choisi pour le remplacer aux obsèques de sa grand-mère qui venait de décéder pendant ses vacances en Guadeloupe. Elle était née à Pointe-à-Pitre, et avait demandé à être enterrée dans une des tombes à damier du cimetière de Morne-à-l'Eau dans la région de Grande-Terre.

– Pourtant, d'après le Président, à part cette fatale

semaine de tourisme, elle n'y avait pas mis les pieds depuis que ses parents avaient quitté l'île en 1912.

– Je ne suis pas de la famille, je ne vois pas ce que j'irais faire là-bas.

– Le ministre des Dom-Tom est aux sports d'hiver. Vous décollez ce soir à vingt et une heures.

Il a eu envie de démissionner.

– En attendant, passez-moi les Renseignements intérieurs.

– Ils n'arrêtent pas d'appeler. Ils m'ont demandé pourquoi vous passiez votre temps boulevard Raspail sous l'immeuble des Martinet.

– Les Martinet ?

La voiture est arrivée. Il a grimpé avant que le chauffeur ait eu le temps de sortir pour lui ouvrir la portière. Il ne trouvait pas anormal d'être surveillé comme n'importe quel autre citoyen, mais on aurait pu éviter de l'humilier en questionnant cet imbécile de chef de cabinet sur ses allées et venues.

– Nous allons où, Monsieur le Ministre ?

– Boulevard Vincent-Auriol.

Les Renseignements avaient été en mesure de lui donner jusqu'à l'étage et le numéro de la porte de l'appartement où se trouvait Marjorie, car après avoir enquêté pendant près de deux heures, Gaubin se trouvait à présent sur les lieux.

Tibère se réveillait avec un sexe dur comme un gode. Il l'avait en bois, comme il disait quand il était enfant. Il s'est levé, et pour se calmer il a regardé fixement le rideau de lin blanc. Son sexe est retombé sèchement sur les couilles.

Il s'est rhabillé. Il a démêlé avec sa main ses derniers cheveux hirsutes. Il entendait les voix des sœurs au salon, et une voix d'homme, grave, cassée, qui jetait les mots comme à regret. Puis il y a eu un rire, et un silence. Pendant qu'il traversait le couloir, la conversation a redémarré en trombe comme après un feu rouge la moto d'un jeune homme pressé.

Il a traversé le salon encore engourdi par la sieste.

– Tu es déjà réveillé ?

– Non.

Marjorie avait souvent la question idiote, comme d'autres la goutte au nez.

– Enquêteur Gaubin.

Par réflexe, il avait sorti sa carte quand il avait vu apparaître Tibère. Il était assis sur une chaise devant la table de salle à manger. Il avait un carnet ouvert devant lui, et un stylo à plume décapuchonné. Tibère s'est demandé s'il ne s'était pas échappé d'un film noir des années cinquante. Il a continué sa traversée sans faire halte pour le saluer. Il s'est préparé un café à la cuisine, et il a commencé à le boire en revenant tranquillement au salon.

Gaubin avait pris son carnet en main. Tibère le regardait en dissimulant le bas de son visage derrière sa tasse, comme s'il ne lui accordait que la moitié de son attention. Il y avait une bouteille vide sur le tapis, et l'autre était en cours sur la table basse.

– Je dois vous poser quelques questions sur la mort de Galopin Martinet.

Marjorie a éclaté de rire, et Séphora s'est frappé à plusieurs reprises le front contre la vitre.

Quand Tibère en a eu assez de répondre aux questions de l'enquêteur, il est retourné s'allonger dans la chambre. Gaubin l'avait menacé de l'emmener au commissariat avec Marjorie, mais Séphora lui avait servi un autre verre et il s'était calmé. Cette histoire de complot lui semblait assez loufoque pour avoir été sécrétée par un des cerveaux de Marjorie. D'ailleurs, petit à petit l'enquêteur avait eu l'air de s'en foutre et de se laisser saouler. Il commençait à être sérieusement embrumé, et Tibère avait remarqué qu'il avait le vin triste.

Il avait envie de vendre l'appartement du boulevard Raspail, plein des meubles, des vêtements, des papiers, et même de la cave à cigares et de son petit peuple. Il emporterait Marjorie, comme un cosaque une vierge volée dans un village perdu au fin fond de l'Ukraine. Il trouverait une autre cabane pour abriter leur vie. Il l'accablerait d'étreintes fertiles, et ils auraient plus d'enfants que la cave en plexiglas d'habitants. Les naissances seraient autant de tirs de roquettes dans le lard du temps qui lui redonneraient le goût de l'espèce humaine.

– Des tirs de roquettes dans le lard du temps.

Il se demandait ce que pouvait signifier une pensée aussi obscure. Il a compris qu'il venait de tomber à nouveau amoureux de Marjorie. Une soudaine décharge d'endorphines qui le plongeait dans un état d'euphorie. C'était un coup de foudre qui restait tapi dans son coin, et fondait régulièrement sur lui chaque fois qu'il lui semblait être parvenu jusqu'au bout de son amour pour elle.

Il s'est endormi.

Quand il s'est réveillé, la nuit était tombée. Il a entendu la sonnette. Puis il a distingué une voix supplémentaire dans le bruit de la conversation. Des gens excités, des éclats de voix, des rires si répétitifs qu'on les aurait dit enregistrés et diffusés par un haut-parleur pour attiser leur ardeur.

Le coup de foudre avait perdu de son intensité. Une sorte de remède de cheval qui avait atteint tout de suite l'encéphale, et finissait par lentement s'évanouir. Marjorie demeurait en lui comme une obsession qui ne le rendait pas heureux, ce n'était plus qu'une passion dont on voudrait se défaire pour recouvrer sa liberté. L'association des amoureux anonymes restait à créer. Encore une assemblée ridicule où on féliciterait le membre courageux qui aurait eu la force d'étrangler son béguin, comme on casse sa dernière bouteille de whisky en espérant que ce sera bien la dernière.

Il en était réduit à jalouser des artefacts, des amants dont ne restait plus qu'un trognon de latex. Une humiliation qu'il partageait sans doute avec tous ces hommes qui dormaient à quelques centimètres du chéri de leur femme couché dans le tiroir de la table de nuit. Il pensait aux mères de famille, avec tous ces enfants curieux qui connaissent le moindre des objets dissimulés dans les cachettes les plus improbables de la maison. Ils le prennent dans leur main comme un sucre d'orge, et sans le savoir se livrent à leur première fellation. Ils sauront longtemps plus tard que cette odeur et ce goût étaient ceux de leur aimante maman.

Il s'est senti devenir pâle dans l'obscurité. Il est allé

à la salle de bains. Il s'est assis sur le bord de la baignoire. Il se tenait au lavabo. Il avait peur de tomber. Un de ces souvenirs imaginaires qu'il combattait de toutes ses forces pour l'empêcher de se graver dans sa mémoire. Il se revoyait avec l'objet dans sa main, une main qui pouvait avoir dix ans et qui hésitait à le porter à la bouche. Un souvenir impossible, qui ne correspondait à aucun événement. Du reste, il imaginait sa mère trop imbibée de la morale rance d'autrefois pour avoir possédé un ustensile de masturbation qu'après son décès on aurait pu retrouver entre deux gaines en faisant l'inventaire de sa garde-robe avant de la donner en vrac à des indigents désespérés que leur colis ne contienne que des vêtements de rombière, et des combinaisons sexy comme de la peau de dinde.

Il a respiré profondément, et il a expiré cette scène fondatrice d'un traumatisme qui se serait prolongé sa vie durant si sa mémoire ne l'avait pas finalement rejeté comme un intrus. Il s'est levé, a étiré son corps, et a descendu lentement ses bras devant lui jusqu'à atteindre ses orteils du bout des doigts.

À deux pas, on faisait la queue au Géant Casino. Les voitures affluaient dans le parking souterrain. Elles étaient remplies de marchandises, de gosses, et quelques-unes de grands-parents qu'on ramènerait chez eux dimanche soir après un bout de week-end en famille.

Dans toute la ville, les jeunes se pomponnaient, et n'arrêtaient pas de changer de jeans devant la glace. Ils espéraient finir la nuit enlacés avec un joli exemplaire de la race humaine, après avoir traversé cette soirée qui s'annonçait merveilleuse, belle, inconnue, exaltante comme le futur.

Tibère cherchait ses chaussettes. Il n'en a retrouvé qu'une, et il est resté pieds nus dans ses mocassins par crainte de paraître étrange en s'asseyant. Il s'est dirigé vers le salon. Les voix sur le pied de guerre semblaient prêtes à se dévorer entre elles comme des bébés requins dans le ventre de leur mère.

À treize heures, Cruche Martinet avait fini par sortir des limbes. Après une brève toilette, elle avait remis ses frusques et quitté l'hôpital. Le personnel médical croisé dans les couloirs l'avait prise pour une simple visiteuse et ne l'avait pas questionnée. Elle avait trouvé tout de suite la sortie, et avait grimpé dans un autobus pour rejoindre le boulevard Raspail. Elle n'avait ni ticket ni argent, mais le chauffeur avait fermé les yeux. Un jeune homme lui avait même cédé sa place.

Trouvant les scellés sur sa porte, elle était descendue hagarde chez la concierge. Elle n'avait plus aucun souvenir des événements de la nuit.

– Monsieur Martinet n'admettra jamais qu'on lui interdise l'accès à son logement.

La concierge n'avait pas osé lui dire que son mari était mort.

– J'aurais dû rester. Mais comme Galopin était à son

travail, j'ai pensé que j'avais le temps d'aller faire un saut à la Salpêtrière pour assister ma mère à l'agonie. Elle a le malheur d'être née en 1893, la mort n'a aucune pitié pour les femmes qui ont enjambé deux siècles.

La concierge n'avait jamais entendu dire qu'une Française était actuellement doyenne de l'humanité.

– Votre mère ?

Cruche a souri.

– Elle souffre horriblement.

– Il faut que vous alliez voir la police, Madame Martinet.

À quatorze heures trente, Cruche faisait son entrée dans le commissariat de la rue Bonaparte. Elle a attendu son tour en regardant avec envie le charivari des suspects menottés qu'on emmenait au sous-sol pour les enfermer dans la cage. Le lieutenant Philips l'a reçue à quinze heures.

– Vous vous êtes échappée de l'hôpital ?

– Ma mère est en train de mourir là-bas dans des douleurs épouvantables qui font honneur à notre famille.

– Attendez-moi ici.

Le lieutenant a quitté le bureau. Il s'est posté dans le couloir pour appeler Gaubin.

– J'ai la mère Martinet sur le dos. Elle n'a pas l'air dans son assiette.

Philips aurait voulu qu'il vienne sur-le-champ prendre

sa déposition, et qu'il s'occupe de contacter Sainte-Anne pour la faire interner. Mais Gaubin se sentait trop lourd pour bouger de sa chaise, et il a enfumé le lieutenant.

– Le ministre refuse que je quitte les lieux.

Philips ne voulait pas d'ennui avec ce sherpa dont le Président bottait publiquement le cul chaque fois qu'il laissait tomber une bourde de son sac à dos.

– En tout cas, je ne veux pas de cette vieille maso. J'envoie un fourgon vous la livrer. Vous n'aurez qu'à l'emmener dormir chez vous, vos enfants pourront toujours lui donner des coups de pied.

– Des coups de pied ?

Cette idée paraissait étrange à l'enquêteur. Il imaginait mal les jambes engourdies de ses filles développer assez d'énergie pour propulser un de leurs pieds dans les airs.

– Bonne soirée, Gaubin.

Philips a raccroché.

Cruche était à la fête. Non seulement, elle se trouvait entre deux policiers en uniforme dans un véhicule aux fenêtres grillagées, comme l'était autrefois la Peugeot 404 aménagée par Monsieur Martinet, mais par routine les flics lui avaient passé les menottes.

– Si Galopin me voyait. Lui qui rêve depuis nos fiançailles de m'envoyer purger dix ans de prison.

Elle se croyait redevenue jeune fille, à l'époque où son mari l'enfermait ligotée dans une grande poubelle en zinc truffée de petits trous savamment percés pour pouvoir lui piquer les tétons et les fesses avec une antique épingle à chapeau.

Cruche est descendue du fourgon. Elle n'était pas peu fière de traverser l'esplanade en menottes. Les piétons pressés ne s'intéressaient pas à elle, mais elle ralentissait le pas pour garder une chance de se sentir humiliée par une paire d'yeux.

– Je suis attachée.

Elle criait dans le vide. Seul un homme l'a aperçue dans l'angle inférieur gauche du verre droit de sa paire de lunettes, mais il n'a même pas tourné la tête car il détestait les personnes âgées.

Séphora a ouvert la porte. Elle était assez pompette pour trouver naturelle l'apparition du trio.

– C'est pour le lieutenant Gaubin.

– Je vous en prie.

Ils l'ont suivie jusqu'au salon. Madame Martinet était toujours d'excellente humeur, car elle ne doutait pas des mauvais traitements et des tracasseries dont serait émaillée sa nuit.

Gaubin avait renvoyé les policiers sans se lever de son siège dont les quatre pieds lui semblaient un prolongement de son coccyx. Ils sont partis en oubliant la paire de menottes aux poignets de Cruche. Séphora l'avait invitée à s'asseoir, mais elle s'était agenouillée sans un mot devant l'enquêteur. Volvic était indigné.

– Détachez-la immédiatement.

Il était rouge vin. Depuis son arrivée deux heures plus tôt, il n'avait pas cessé de marcher à grands pas dans le salon comme un marathonien. Il ne ralentissait son allure que pour tendre son verre à Séphora afin qu'elle le remplisse. Elle espérait voir bientôt un ministre des Affaires étrangères rouler bourré sur son parquet.

– Au nom des droits de la femme, détachez-la.

Volvic n'interrompait pas sa course, mais il passait à chaque tour plus près de Cruche, qui malgré l'arthrite qui limitait beaucoup la flexion de sa colonne vertébrale, penchait son buste vers l'avant pour protéger ses menottes.

Marjorie était allongée sur le canapé. Elle écoutait le son des voix, mais elle ne jetait que de rares coups d'œil. Elle avait eu envie de rire quand Cruche était apparue, mais ses mâchoires n'avaient pas suivi. Elle se demandait si elle reprendrait un jour Tibère, ou si elle ne donnerait pas plutôt son nom à un élégant godemiché gainé avec la peau du serpent du boulevard Raspail.

Tibère avait traversé le salon à plusieurs reprises pour aller se faire un autre café à la cuisine. Gaubin n'interrogeait plus personne. Quand il prenait la parole, il regrettait d'une voix sourde d'appartenir à une espèce vouée à la reproduction.

– Les couilles sont des salopes.

– Vous êtes saoul.

Séphora lui arrachait son verre de crainte qu'il ne finisse par tacher la proche chevelure de Cruche en vomissant. Il avait alors cet air furieux des camés dont on verse la dose dans la cuvette des chiottes. Il entrouvrait sa veste, mais il ne parvenait pas à lever le bras assez haut pour attraper son arme de service accrochée sous l'aisselle. Il mettait la main au front, décidant faute de mieux de se mettre à penser. Il essayait de résoudre la devinette qu'était sa vie, une blague dont il cherchait la chute dans le but d'éclater de rire pour la première fois depuis quatorze ans. À force de réfléchir, la température de son cerveau s'élevait. Séphora s'éloignait de lui comme d'un poêle chauffé à blanc.

Cruche s'était affaissée. Son grand âge ne lui permettait plus de rester en position sur sa paire de genoux comme au temps où Galopin la condamnait à quinze heures de piquet pour lui apprendre qu'une épouse avait moins de droits encore qu'un écolier sous l'Ancien Régime. Dans les années cinquante, il avait même acheté un chien auquel il avait attribué un grade supérieur à celui de sa moitié, qu'il appelait en réalité son millième. Elle devait lui céder le passage à la porte de la cuisine, et lui obéir au moindre aboiement.

– Le couple n'est pas une démocratie.

Galopin aimait inventer des maximes. Il se serait volontiers considéré comme le La Rochefoucauld de l'autocratie conjugale, s'il avait jamais entendu parler de lui.

– Le couple, c'est la guerre, et la femme l'aura toujours perdue.

– Malheur aux vaincus, Galopin. Merci de m'accorder quand même le bénéfice de la vie.

– Un bénéfice que tu paieras cher.

À ces mots la vulve de Cruche pleurait sur la condition féminine d'épaisses larmes amères. C'était du moins l'avis de Monsieur Martinet, qui par dignité n'avait jamais consenti à s'incliner assez bas devant sa femme, dardant sa langue comme un caméléon, pour évaluer leur improbable teneur en fiel.

Volvic s'immobilisait devant le canapé où Marjorie avait fini par s'assoupir. Il la scrutait, remuait la tête, et on avait l'impression qu'il essayait de lui enlever un à un ses vêtements en se servant de son regard comme d'une main. Dans son ébriété, il voyait le pull-over qu'elle portait à cru rouler sur son ventre, remonter au-dessus des seins, et être arraché d'un coup sec pour passer la butée du menton. Il avait du mal à déboutonner le jeans, et il décidait de le découper avec la paire de ciseaux dont d'une œillade il venait de s'emparer dans un tiroir de la cuisine. Le string blanc résistait, il n'avait même aucune prise sur lui. Les lames des ciseaux patinaient sur la soie. Les ciseaux lui échappaient et tombaient par terre. Il ne parvenait pas non plus à soulever l'élastique, et à atteindre le cœur de sa cible.

Peut-être chatouillée par le désir intrusif de Volvic, Marjorie se redressait. Ce mâle était un être générique, de la même race que les autres couillus. Il se servait d'elle comme d'une image. Il était un masturbateur, et il n'avait pas la délicatesse des masturbatrices aux fantasmes respectueux et polis. Les hommes étaient des voleurs, ils s'emparaient de l'image des femmes qui s'imprimait dans leur mémoire, au hasard des silhouettes croisées, des poitrines aperçues dans les profondeurs des décolletés, des fesses soupçonnées sous les jupes.

Écumant la Toile, ils consommaient chaque jour autant de corps que la troisième guerre mondiale en laissera sur le carreau. Elle haïssait ces violeurs qui se passaient du consentement des filles mises au cachot dans des mémoires numériques dont elles surgissaient à la demande sur leur écran, comme dans le grand salon les pensionnaires des bordels de la Belle Époque.

Tout à l'heure, la bite de Tibère lui avait semblé menaçante comme le canon d'une arme à feu. Mais bien avant l'invention de la poudre, le premier homme portait corne au pubis. Il en avait percé la femme. Les vulves n'étaient que le souvenir de cette plaie ouverte, dont chaque mois la nature reproduisait servilement les stigmates.

– Vous bandez.

Volvic sursautait. Il baissait les yeux, son pantalon comportait comme une dune au-dessous de la ceinture. Six semaines après l'opération, le chirurgien lui avait pourtant annoncé officiellement le décès de sa verge, qui ne serait plus désormais que le bras mort par lequel s'écoulerait son urine. Il était si convaincu d'en être à jamais l'inconsolable orphelin que depuis la nuit dernière il croyait être victime d'une fluxion chaque fois qu'elle enflait en présence de Marjorie. Il avait même pensé tout à l'heure en sortant du café, à entrer dans une pharmacie pour acheter des anti-inflammatoires.

Cette vigueur nouvelle flattait son ego, mais en même temps il se sentait de nouveau sous le joug. Un peu comme un suspect dont les gendarmes reprennent livraison après un interrogatoire badin chez un juge d'instruction débonnaire. Il redevenait cette péniche que, l'année dernière encore, les femmes tiraient par la bite comme des batelières de la Volga.

– Arrêtez de bander.

Marjorie élevait la voix. Il regardait autour de lui. Il craignait les murs, les meubles, le plafond, qui pouvaient comporter autant d'objectifs et de capteurs de toutes sortes qu'une peau humaine de pores. Il prenait la fuite, et se remettait à tourner. Le monde s'était rétracté, il était maintenant enfermé dans cette boîte de béton comme dans la carlingue d'un avion qui trace au-dessus de l'Atlantique.

Marjorie se levait. Elle secouait une bouteille vide au-dessus de son verre. Elle prenait le trousseau de clés sur une étagère de la bibliothèque encombrée des livres que Séphora dévorait comme une boulimique, quand l'écœurement de toutes ces voix sorties des téléphones, de la radio, des hommes en visite, le dégoût de toutes ces images de Paris derrière les vitres, et cette nausée devant le spectacle continuel de la télévision, images sucrées, salées, acides, molles comme des Big Mac, la poussaient à s'isoler, à générer en elle assez d'intimité pour éteindre l'extérieur, et tirer de ces objets inertes, des projections, une musique, dont le texte n'était que le livret, la partition. Elle avait besoin de s'inventer une représentation privée dont son cerveau serait le seul décodeur, le seul écran, la seule enceinte, et à laquelle nul public ne serait jamais convié. L'électricité des câbles ne servait plus qu'à éclairer les pages quand le soir tombait, et celle biochimique de son cerveau lui suffisait soudain pour se connecter à l'époque, au passé, à l'imaginaire, à la spéculation métaphysique, cet univers inventé par l'homme dont on ne trouve sans doute aucune trace dans l'infini des galaxies.

Marjorie descendait. Elle allait jusqu'à la supérette de la station-service de la rue Jeanne-d'Arc, et elle remontait chargée d'alcool. Elle aurait voulu pouvoir se faire une intraveineuse de vodka, et retrouver l'attirail de l'hôpital pour remplacer le sérum de la perfusion par un bon pinot noir.

Elle s'asseyait en tailleur sur le canapé. Montait en elle un profond désir de faire l'amour avec Tibère. Elle s'imaginait couchée avec lui boulevard Raspail. Elle avait ouvert les rideaux, le lit était ensoleillé comme une crique. Elle savourait la rumeur de la ville, le flot rassurant des voitures, de la foule, le plaisir délicieux de se sentir si loin et de savoir pourtant que cette ville fiévreuse restait à portée de main.

Elle le trouvait beau, et ses yeux beiges ne la regardaient pas fiévreusement comme ceux d'un mâle prêt à fondre, mais avec une sorte de ferveur, de douceur, d'adoration tranquille. Elle aimait ses bras, son torse aux muscles un peu avachis, ce corps tendre. Elle avait envie de lui, qu'il la serre, qu'il se pose sur elle, qu'il pèse de tout son poids. Elle voulait jouir autour de Tibère, et que Tibère jouisse en elle. L'étreinte guérirait sa solitude, son inaptitude à l'amour, et un jour elle accepterait même d'aimer sa fille dont elle consentirait à devenir la mère.

C'est à peine si elle remarquait qu'elle avait remplacé sa bite par un jouet au fourreau incrusté de diamants, au gland doré à l'or fin, au mécanisme à double spirale monté à Genève par un horloger autrefois fournisseur exclusif des tsars de toutes les Russies, dont elle avait vu la photo dans un numéro de *Vogue* consacré aux caprices des stars.

Il était vingt et une heures. Une voiture du Quai d'Orsay a déposé Gédéon et Abel devant la tour. Ils ont traversé l'esplanade, et se sont arrêtés au niveau d'un grand bac à fleurs en béton rempli d'eau de pluie noircie par les années et de filtres de vieux mégots. Ils n'avaient pas eu le temps de mettre leur manteau, et ils grelottaient dans leur costume de laine peignée acheté en solde au mois de janvier avec un assortiment de chemises rayées. Ils attendaient stoïques, indifférents aux larmes que leur arrachait la bourrasque glacée.

Ils avaient repris leur service à vingt heures. Tous les téléphones du ministère sonnaient. Le Président enrageait de ne pouvoir joindre Volvic, et il avait donné l'ordre de harceler sa boutique. Les bras manquaient pour décrocher, les voix pour répondre. Le personnel de l'Élysée avait été réquisitionné, et appelait sans discontinuer pour faire monter la tension au Quai d'Orsay.

Le Falcon 7X du GLAM qui devait emporter le ministre en Guadeloupe stationnait toujours sur l'aéroport de Villacoublay. Depuis son arrivée chez Séphora, Volvic avait éteint son portable. Et le fixe de l'appartement n'avait jamais été décroché par personne car sa sonnerie de libellule était inaudible dans le brouhaha qui régnait au salon. Le Président avait chargé les Renseignements intérieurs d'aller le cueillir là-bas. Mais il avait refusé de se laisser emmener. On lui avait envoyé deux policiers en civil qu'il avait violemment éconduits, et qui n'avaient pas osé faire usage de leur arme. Le Président avait envisagé de demander au GIGN de l'extraire. Il s'était ravisé, de crainte que le charivari n'attire les médias.

À vingt heures quarante, il avait donné l'ordre d'interrompre ce harcèlement stérile. Dans le silence revenu, le téléphone de Gédéon avait sonné. Le Président l'avait sommé de se trouver immédiatement au pied de la tour. Abel arrivait justement dans son bureau pour lui apporter les dépêches qu'il s'était encore refusé à lui balancer par l'intranet. Gédéon l'avait emporté avec lui.

Ils grelottaient depuis douze minutes, quand le Président est apparu boulevard Vincent-Auriol dans sa petite voiture blindée, sans motards, sans aucune escorte, seul dans la nuit, éclairé comme un simple citoyen par les lampadaires municipaux. Il y avait plus de quinze ans qu'il n'avait pas conduit. La trajectoire de l'auto manquait de fluidité, et le freinage s'est révélé chaotique. Il a surgi dans son manteau poil de chameau, coiffé d'un feutre qui lui donnait l'allure d'un petit mafieux. Il les a salués.

– Connards.

– Bonsoir, Monsieur le Président.

Il s'est précipité dans la tour. Ils l'ont suivi.

Le Président négociait avec Volvic. Chacun hurlait, car le ministre refusait de lui ouvrir. Les voisins pointaient le nez, mais par crainte d'être exécutés comme des témoins gênants, ils refermaient immédiatement leur porte sans bruit. Au bout d'un quart d'heure, les pourparlers étaient toujours au point mort. Puis, il y a eu une bousculade dans l'appartement, et Séphora a ouvert.

– Entrez.

Elle a introduit au salon le Président et ses acolytes. Maintenant, l'ébriété était absolue. Les haleines chargées avaient saturé l'atmosphère d'alcool, et la pièce semblait sur le point d'exploser à la moindre étincelle.

Il s'est souvenu de l'héroïsme dont avait fait preuve vingt ans plus tôt son prédécesseur Nicolas Sarkozy lors d'une prise d'otages dans une maternelle de Neuilly. Ce soir, il ne s'agissait pas d'enfants, mais des obsèques d'une grand-mère dont il aurait dû faire discrètement rapatrier le corps par un sous-marin militaire en patrouille dans la mer des Caraïbes, au lieu de dépêcher ce vieux grognard dans cette île qu'il aurait volontiers coulée avec la Corse où il craignait de se faire lapider comme une femme adultère chaque fois qu'il allait rasséréner une veuve de gendarme.

Il regardait tous ces naufragés autour de lui. Gaubin avait réussi à sortir son arme, et l'avait posée sur ses genoux comme un chat. Il dormait bouche ouverte sur des dents souvent métalliques, les autres étant assez usées pour qu'on puisse les imaginer contaminées par son humeur toujours grisâtre malgré la boisson, comme si la mélancolie était une couleur avec laquelle on l'avait teinte pour l'éternité. Cruche avait piqué du nez, et elle se trouvait dans une position de prière dont la Mecque aurait été Gaubin. Marjorie était assise maintenant en tailleur à côté du canapé devant un verre de vodka posé sur le tapis.

Le Président avait pris acte de l'absence de Volvic dans le salon. Levant le bras à mi-hauteur, et remuant ses doigts comme pour les essorer, il avait alors expédié Abel et Gédéon.

– Trouvez-le-moi.

Il ne comprenait rien à cette soirée. Il en était déjà complice comme d'un meurtre.

– Qu'est-ce que vous foutez tous ici ?

Personne n'a répondu, personne n'en savait rien.

– Asseyez-vous.

Séphora lui avait donné cet ordre comme une institutrice à un bambin qui traînasse, et elle était retournée se poster devant la baie vitrée. Des fenêtres éclairées partout dans Paris. Derrière, elle imaginait de passionnants destins, avec des personnages qui débarquaient, d'autres qui s'éclipsaient, et des enfants nés de la veille, tombés du ciel, venus d'ailleurs, du ventre de leur mère, prêts à se lancer dans l'existence sans plus de dispositions pour la vie que le reste de l'humanité. Les ruisseaux de voitures, blancs, rouges, et les projecteurs des bateaux-mouches qui balayaient les quais comme à la fin de la guerre les lampes des soldats allemands à la recherche des FFI.

Quand il s'était rendu compte qu'il n'empêcherait pas Séphora d'ouvrir la porte, Volvic avait couru se retrancher au fond de l'appartement. Il avait échoué dans le placard où Marjorie avait prévu d'exiler Tibère. Il était arrivé à la rame, se cognant aux murs, comme n'importe quel ivrogne en fin de partie.

Il a eu la présence d'esprit de déplier un transat posé contre le mur à côté d'un couple de balais. Il s'est enfoncé dedans, et il a eu la sensation de se trouver dans un hamac. Il s'est dit qu'il comprenait très bien le sens de la vie, à condition qu'on enlève la mort. Il a fait un effort pour apprendre par cœur ce court aphorisme qui lui apparaissait assez somptueux pour être glissé dans un futur discours sur la faim, un jour où ses fonctions l'amèneraient dans un pays où on en crève. Le placard s'est mis à tourner autour de lui, les balais à battre à coups de manche sa tête déjà douloureuse après ces heures de beuverie.

Il a perdu conscience.

Le Président ne s'était assis qu'un instant. À présent, il arpentait le salon. Il renversait le verre de Marjorie, donnait des coups de pied aux meubles, à Gaubin, et à Cruche qui se redressait aussitôt comme un vieux ressort.

– Je m'étais avachie. Pardon, Galopin.

Elle le prenait pour son mari. Elle attendait avec une terreur délicieuse qu'il l'attache par les pieds à une longue corde et la jette par la fenêtre comme une ancre. Un supplice qui couronnerait magnifiquement toute une vie de jouissance éperdue dans l'écrasement de sa personnalité dont elle avait toujours rêvé d'assaisonner la soupe du chien, qu'avant son trépas elle promenait en rampant dans Montparnasse pour ne pas l'offenser en marchant comme lui sur ses pattes.

Le portable de Marjorie avait sonné. Elle était allée le chercher dans son sac posé sur la commode de l'entrée. Le nom de Tibère était affiché sur l'écran.

– Tu es où ?

– Dans la cuisine.

– Tu fais quoi ?

Il se faisait couler un huitième café.

– J'essaie de me réveiller.

– Je suis saoule.

– J'ai envie de retourner boulevard Raspail.

– Je crois que je t'aime moins quand je manque de

sommeil. Si je devenais insomniaque on pourrait peut-être continuer à vivre ensemble.

– On va rentrer dormir.

Marjorie s'est mise à trembler.

– Jure-moi que tu dormiras sur le canapé.

Tibère a essayé de l'étrangler en serrant des deux mains son portable.

– J'ai tellement peur de ta bite. Elle grossit. Elle est comme un lion qu'on a adopté bébé, et qui petit à petit devient un fauve.

– Je vais boire mon café.

Tibère a raccroché.

Le Président respirait depuis de longues minutes l'air saturé du salon. L'alcool montait peu à peu en lui. Il s'est assis à la table de salle à manger. Gaubin dormait toujours, Madame Martinet s'était écroulée inerte à ses pieds. Le Président fermait les yeux, et n'arrivait pas à trouver la force d'aller chercher le ministre par la peau du cou.

– Volvic, un nom de flotte.

Mais si sa politique économique ne réussissait pas d'ici la fin de l'année, tout chef d'État qu'il était, il serait bien obligé d'accepter l'offre de la multinationale américaine qui consentait à sponsoriser la France à condition qu'il prenne désormais un nom de soda. Mieux valait encore s'appeler Pepsi et rester président, plutôt que laisser filer le déficit en gardant fièrement son identité et se faire balancer aux prochaines élections. D'ailleurs, cette pratique était désormais entrée dans les mœurs. Les parents prénommaient souvent leur mioche d'un nom de biscuits, de yaourts, ou de surgelés, en échange d'un filet garni. Ils troquaient aussi leur patronyme contre une marque de soupe, de carburant, d'assouplissant, ou de papier toilette, afin de gagner une ristourne viagère sur les produits de la marque dont ils étaient devenus de pauvres cousins.

Son successeur serait peut-être conduit en cas de banqueroute absolue à mettre la France aux enchères, et à accepter finalement qu'elle prenne le nom d'une marque de voiture indienne, de microprocesseurs taïwanais, ou d'électroménager chinois. L'Europe s'appellerait déjà du nom de l'émirat arabe qui sponsoriserait la construction des hôpitaux et des écoles dont on manquerait cruellement à cette époque jusque dans les Länder les plus prospères d'Allemagne, un pays baptisé depuis quelques années déjà Häagen-Dazs, et dont le drapeau aurait désormais la couleur de la vanille.

Il a croisé les bras sur la table. Il a posé sa tête. Il se demandait pourquoi il n'était pas plutôt entré dans les ordres. Il imaginait un calice débordant de mousse. Mais les finances du Vatican étaient saines, et le pape n'en serait jamais réduit à s'appeler Coca.

Abel et Gédéon avaient obéi au Président. Ils avaient exploré la cuisine, les toilettes, la salle de bains. Ils avaient même regardé sous le lit de Séphora où ils n'avaient trouvé qu'un mouton. Ils avaient fouillé de fond en comble la penderie du couloir, imaginant déjà leur patron replié dans une boîte à chaussures comme un petit animal.

– Il a dû s'échapper.

Ils ont ouvert la porte du placard qu'ils avaient d'abord prise pour celle de l'escalier de service.

– Regarde-moi ça.

Gédéon n'aurait jamais cru qu'un ministre puisse devenir une petite tache d'alpaga gris dans un transat, avec quelques mèches de cheveux teints, visage disparu entre les manches de la veste, et chaussures éparpillées au hasard sur le sol comme celles d'un accidenté de la route.

Ils se sont accroupis. Ils l'ont pris chacun par une épaule et l'ont secoué. Abel lui a donné la première claque. Gédéon, la seconde. La tache d'alpaga n'a pas bronché.

– Va chercher de l'eau.

Abel a rapporté un flacon d'eau minérale en spray de la salle de bains. Il lui a fait une brumisation. Il avait l'air maintenant de pleurer. Un vieux crooner en larmes gisant dans le recoin des coulisses d'un music-hall tandis que les marteaux piqueurs attaquent déjà la scène pour transformer la salle en pizzeria.

– Je crois qu'on a un coma éthylique sur les bras.

Abel était moins optimiste.

– Il est peut-être mort.

Volvic a donné signe de vie en pinçant légèrement les lèvres. Trop légèrement pour qu'ils le remarquent.

– Qu'est-ce qu'on va foutre de ce clodo ?

Ils se sont dévisagés. Dans leur regard pointait une lueur de complicité, comme s'ils venaient de l'assassiner. Gédéon s'est mordu les lèvres.

– Le Président va nous engueuler.

Ils ont attendu qu'il ressuscite, afin qu'il prenne lui-même une décision quant à son transport à l'hôpital. Puis, ils ont contacté l'Élysée. Le secrétaire général leur a déconseillé d'appeler les secours sans avoir pris l'avis du Président.

– Le mieux, c'est que je lui envoie un message.

Le Président était engourdi, car les vapeurs d'alcool l'avaient saoulé. Il regrettait de n'être pas une star, un acteur qui jouerait son rôle dans cette espèce de série où les épisodes se succédaient sans qu'il parvienne à modifier ce scénario imbécile où on lui imposait sans cesse des situations ridicules, et chaque jour de nouveaux problèmes qu'il était obligé de résoudre avant même d'en avoir compris l'énoncé. Une star qui pourrait changer de personnage à la fin de son mandat, ou se permettre de faire faux bond le lendemain matin pour accepter le rôle-titre d'un film retraçant la vie du docteur Schweitzer.

– Schweitzer, un nom de chouette.

Quand son téléphone a un instant vibré pour lui annoncer qu'un message en provenance de l'Élysée venait de tomber dans la puce de son portable, il a cru que l'oiseau de nuit grattait la poche intérieure de sa veste avec son bec.

Ne recevant pas de réponse, le secrétaire général n'a pas osé lui en envoyer un autre. Il a demandé à Abel et Gédéon de ne pas précipiter les choses.

– Vous n'avez qu'à attendre.

Ils ont un instant envisagé de se déplacer jusqu'au salon et de déranger le Président. Mais ils ont craint de l'exaspérer. Ils ont étendu Volvic, arrangé son costume, et Abel est allé chercher un peigne pour le recoiffer. Maintenant, il avait la dignité de ces corps toilettés qu'on s'apprête à mettre en bière. Ils sont restés debout à ses côtés, sans oser lui prendre le pouls de crainte de constater qu'on venait de les muter dans une entreprise de pompes funèbres.

D'ailleurs, à force d'attendre la décision présidentielle, le cœur de Volvic s'est arrêté de battre.

Séphora regardait la pièce où tout était immobile comme un arrêt sur image. La présence du Président lui paraissait presque banale, tant il était le clone de son image. Mais cette soirée était étrange, cette soirée ne ressemblait pas à sa vie.

Le représentant en climatiseurs était loin. Elle avait eu le temps d'oublier ce coït comme on a oublié son déjeuner quand on s'attable pour dîner. Elle n'allait pas consommer Gaubin, même dessaoulé il demeurerait un triste, bon à mouiller son corps de baisers langue à l'air comme un chien lèche. Elle n'aurait jamais pensé à choisir le Président s'il avait été grouillot, mais le pouvoir donne du charme aux laids. Il était un personnage historique de second plan, cependant son mandat constituait le maillon d'une chaîne qui remontait le cours des siècles jusqu'à Saint Louis. Son sexe comme un poinçon, comme le chaton de la bague royale dont le monarque signait les lettres de cachet. En tout cas son sexe ne serait pas plus hideux que celui du premier venu pêché sur internet.

Le Président n'a pas moufté. Il dormait. Et toujours ce hibou avec son bec devenu mou qui était descendu se réchauffer auprès de son pénis au gland brûlant et rouge comme le bout d'un cigare dont on vient de secouer la cendre. Il s'est dit qu'il n'en fallait pas beaucoup pour exciter les hommes, et que même un hibou pouvait les faire bander. Il avait lu que dans des contrées désertes, les paysans désespérés par le célibat prenaient leur basse-cour pour un bordel. Et peut-être que les oiseaux de nuit les racolaient après le crépuscule comme des putains.

Maintenant le hibou le tenait fermement entre ses ailes et il dormait debout. Des ailes qui ressemblaient parfois à des pattes caressantes et pulpées comme des mains. Il pensait qu'il était violé pour la première fois, une expérience peu commune quand le criminel est un hibou. Il remuait, agité par le vent des ailes qui battaient. Il jouissait, et le hibou piaillait.

Mais quand l'animal l'a reposé doucement sur sa chaise, il s'est souvenu que les rapaces nocturnes hululaient. Il s'est rendormi en se promettant de demander au ministre de l'Éducation si les hiboux étaient tous mâles, et si c'étaient les chouettes leurs femmes. Il tenait à savoir s'il venait de franchir le premier pas vers l'homosexualité.

– Avec un hibou.

Le viol est passé inaperçu dans ce salon où le sommeil écrasait tout le monde sous sa botte. Séphora a pensé qu'un spermatozoïde présidentiel qui percuterait un de ses ovules la ferait entrer dans la légende du quinquennat. Mais ce père putatif ferait du bébé un bâtard à qui on n'attribuerait jamais la moindre baronnie.

Elle est entrée dans la cuisine. Tibère se faisait encore un café. De l'autre main, il envoyait des SMS à Marjorie dont le portable tintait dans ses rêves comme une pendule fantasque qui scanderait le temps au petit bonheur.

Elle a pris une bouteille dans le frigo, et elle a avalé sa pilule avec une gorgée de jus de pomme qu'elle a bue au goulot.

Tibère avait laissé tomber sa cuillère. Il était descendu du tabouret pour la ramasser. Épuisé, il s'était endormi à côté d'elle sur le carrelage. Marjorie avait ouvert les yeux. Elle avait fait défiler les rafales de messages qu'il lui avait envoyés. Elle était allée aux toilettes. Elle s'était rendormie sur le siège. Séphora avait éteint les lumières. Elle avait poussé un fauteuil devant la baie vitrée. Elle s'était masturbée sans bruit face à Paris. Las de veiller le ministre dans le placard, en attendant des ordres du chef de cabinet qui ne disait plus rien, Abel et Gédéon s'étaient couchés côte à côte dans la chambre.

Le Président s'est réveillé juste avant l'aube avec la gueule de bois. Il a cherché un point d'eau. Il a traversé le couloir, et il est entré dans la chambre obscure. Il a tâté le matelas après s'être cogné contre le lit. Il s'est dit que c'était bien un lit, qu'un lit faisait d'une pièce une chambre, et qu'une chambre était souvent reliée à une salle de bains. Il a exploré, heurtant les murs, et s'éraflant le dos de la main à un interrupteur. Il s'est immobilisé et après avoir reconnu qu'il verrait mieux si une lampe de rien du tout éclairait les lieux, il a allumé la lumière.

– Qu'est-ce que vous foutez là ?

Abel et Gédéon se sont levés d'un bond respectueux, et se sont réveillés peu après. Gédéon a employé un langage diplomatique.

– Monsieur le Président, la probabilité est élevée que Monsieur le Ministre soit mort.

– Mort ?

Le Président s'est mis à rire.

– Il est beaucoup trop con pour mourir.

Séphora avait ouvert les yeux sur la ville un peu plus pâle, mais toujours brillante des lumières de la nuit. Elle avait remonté sa culotte. Elle avait aperçu sa sœur en traversant le couloir. Elle n'avait pas eu envie de la réveiller. Elle était allée à la salle de bains. Puis, elle s'était allongée dans la chambre. Elle avait repéré deux odeurs d'hommes. Odeurs récentes imprégnées dans la couette. Odeurs d'hommes avec qui elle était certaine de n'avoir encore jamais couché. Elle s'était endormie en pensant à eux. Ils la baiseraient dans un rêve.

Volvic avançait inerte sur l'esplanade entre Abel et Gédéon. Le Président ouvrait la route, tournant parfois la tête pour les invectiver. Quelques instants plus tôt, après avoir trituré les joues de son ministre et, l'oreille collée à sa poitrine, avoir cherché en vain un battement de cœur, il avait fini par admettre leur diagnostic.

– Il est mort, cette andouille.

Il se méfiait autant de la police que des services secrets.

– Ils vont organiser des fuites.

Ils prendraient même des images, et la photo de Volvic décédé dans un placard à balais ferait l'ouverture de tous les J.T.

– On va le transporter chez sa femme.

Ils l'avaient trimballé dans l'ascenseur. Quand ils étaient arrivés en bas, le Président leur avait dit de faire semblant de le soutenir comme un compagnon de beuverie.

– Dépêchez-vous.

Le Président avait ouvert la portière arrière.

– Foutez-le dedans.

Ils l'ont jeté à l'intérieur.

– Asseyez-le.

Ils l'ont installé sur la banquette. Sa tête est tombée sur sa poitrine, comme celle d'un qui s'endort.

– En route.

Abel s'est assis à côté du ministre, et Gédéon devant.

L'habitacle était vraiment étroit, et les quatre individus le remplissaient à ras bord. La voiture a démarré. Un homme à sa fenêtre l'a vue disparaître à vive allure vers la place d'Italie. Il est retourné ensuite se coucher. Ce rapide coup d'œil sur le boulevard ne s'est pas gravé dans sa mémoire.

Un rayon de soleil rouge est entré dans le salon. Il s'est posé sur le visage de Gaubin. Il a essayé de l'éloigner comme une mouche. Il s'est réveillé. Il a vu là-bas l'aube qui se levait sur Paris. Il regrettait cette journée qui commençait à peine. Il a touché ses couilles, en regrettant qu'elles soient toujours là. Il est allé à la cuisine. Il a trouvé la bouteille de jus de pomme dans le frigo. Il l'a vidée. Enjambant Tibère, il est allé vers la machine à café. Il a bu quelques tasses qui lui ont semblé amères, et ont brûlé son estomac écorché par la cuite.

Il est revenu au salon chercher son manteau. Il a aperçu Cruche Martinet dont le corps prosterné avait basculé sur le côté. Il lui a donné un coup de godasse amical pour la réveiller. Il avait souvent remarqué que si on les percutait, les chairs des cadavres n'avaient pas la même consistance que celles des vivants.

– Putain, elle est morte.

Il aurait pu la plaindre de ne plus pouvoir désormais espérer souffrir, car il avait entendu la semaine passée un évêque déplorer que Dieu dans sa trop grande mansuétude ait fini par éteindre l'enfer comme un vulgaire barbecue.

Lorsque Tibère a ouvert l'œil, Gaubin avait déjà disparu en emportant la dépouille de la vieille maso. Le lieutenant comptait la livrer lui-même à la Salpêtrière, et noter dans son rapport qu'elle avait quitté sa chambre dans la nuit pour gagner la morgue, où après une longue carrière de femme battue elle était passée de vie à trépas. Avant de partir, il avait avalé un dernier verre de bordeaux pour se donner du courage. Le vin lui était monté à la tête. Il avait oublié Cruche dans l'ascenseur. Elle avait été expédiée aussitôt au trente-huitième étage, car un locataire haut perché venait d'appuyer sur le bouton d'appel.

Il est retourné chez lui où il a bu des bières jusqu'en fin d'après-midi. Il les vomissait l'une après l'autre. Sa femme est rentrée à dix-huit heures. Il était si bien purgé qu'elle lui a trouvé bonne mine.

– On dirait que tu reviens de vacances.

Il est parti prendre son métro et rejoindre le commissariat.

Tibère a réveillé Marjorie. Elle était patraque. Ils sont sortis tous les deux. Ils ne marchaient pas main dans la main, mais ils partageaient le même mal de tête.

Tibère a arraché les scellés. Ils sont entrés dans l'appartement. Le serpent pendait du lustre du couloir. Il n'avait jamais été aussi long, sa queue se perdait au fond du salon. Il a disparu en les voyant. La porte de la salle de gym était ouverte sur le vide. Ils avançaient l'un derrière l'autre comme sur un sentier à flanc de montagne.

Marjorie s'est enfermée dans la chambre. Tibère a tourné en rond avant de s'asseoir sur le canapé. Comme tous les dimanches matin, le boulevard était silencieux. Il n'avait pas soif, pas faim, pas sommeil non plus, et son mal de tête s'était dissipé. Il a envoyé un SMS à Marjorie pour lui demander si elle dormait. Elle lui a répondu que non. Il l'a appelée.

– Qu'est-ce qu'on fait ?

– On s'arrête là, Tibère.

– Je crois que je ne veux pas.

– Tu me fais peur. J'ai des hallucinations. Quand

on est rentrés, j'ai cru voir ta bite dans le couloir. Elle pendait du lustre comme un serpent.

– C'était le serpent.

Tibère a raccroché. Il est allé sur le balcon. Un froid sec. Un ciel bleu, pur. Un soleil net, comme dans un crayonnage d'enfant. Il semblait redessiner la chaussée, les immeubles, et détourer chacune des personnes qui faisaient la queue devant la boulangerie. Un dimanche matin tiré au cordeau qui ressemblait à sa photographie. Le fond d'un décor en attente d'un événement en train de se produire, de se poursuivre, juste un dimanche qui passait. Rien n'était triste, tout était calme, serein. Il était un homme qui faisait partie de cette matinée, pas une trace sombre sur un bout de balcon.

Il n'arrivait pas à détacher ses yeux de ce dimanche matin si éclatant qu'on ne pouvait pas douter de sa réalité. Son portable a sonné.

– Je n'ai plus besoin de toi. Je t'aime, mais je n'ai plus envie que tu sois là.

Il avait envie de pleurer. Il s'est souvenu qu'il avait déjà pleuré la veille, et il a craint d'abuser. Elle s'est tue. Il a écouté le silence, sans parvenir à s'habituer à ne plus l'entendre. Elle a recommencé à parler. Un débit régulier, une voix sans à-coup, une sorte de dernier discours.

– On se quitte. C'est comme si on changeait de pays,

de civilisation. On va faire sa vie ailleurs, on prendra d'autres habitudes, on connaîtra d'autres mœurs. Tu oublieras notre passé, je l'oublierai aussi. On passera la frontière, sans bagages, comme des immigrés. On sera perdus, tout sera hostile autour de nous, rien ne nous aimera. On trouvera une cache, on nous chassera, on dormira dépareillés, seuls chacun dans son trou. Après des mois d'isolement absolu, on finira par entrer en contact avec des autochtones. Certains nous adopteront, mais ils nous sonderont d'abord du bout d'un long bâton pour être sûrs que nous ne sommes pas coupants comme des sabres. On apprendra tous les deux une langue étrangère, et ce ne sera pas la même. Dans vingt ans, on se téléphonera peut-être si nos numéros n'ont pas changé. On ne comprendra pas un traître mot de l'autre. On ne parviendra même pas à se dire bonjour.

Il est revenu au salon.

– Tu m'écoutes ?

– Oui.

– On n'aura même plus un soupir en commun. On sera comme des animaux de races différentes, qui ne vivent plus dans le même élément. Les poissons ne pourront jamais parler aux canards.

Il a ouvert brusquement la porte de la chambre.

– Qu'est-ce que tu fais ?

Elle était couchée. Son ordinateur était déplié sur ses genoux.

– Je te lisais un truc. Un machin dans un blog.

Elle avait vidé la cave à cigares sur la couette. Elle avait un des jouets à la main. Elle l'agitait en parlant comme une baguette.

– En fait, le type qui a écrit ça, il est encore plus paumé que nous.

Elle s'est servie du gode pour claquer le couvercle.

Les habits de Tibère étaient pêle-mêle sur la moquette. Ils étaient assis côte à côte dans le lit. Ils regardaient droit devant eux. Le mur était écaillé par endroits. Depuis plusieurs années, ils s'étaient juré de repeindre l'appartement. Ils avaient acheté un grand pot de peinture, mais ils ne se souvenaient pas où ils l'avaient rangé. Ils ne se souvenaient pas davantage qu'ils étaient maintenant tous les deux dans la même pièce. Quand il a entendu son portable sonner, il est allé le chercher dans la poche de sa veste écrasée sous la fenêtre. Il a attendu d'avoir regagné le lit pour décrocher.

– C'est toi ?

– Oui.

– Tu es où ?

– Je suis là.

Ils ont tourné la tête. Ils se sont vus.

– C'est drôle quand même.

– C'est drôle.

Mais ni l'un ni l'autre n'a ri.

– Je voulais te dire. Je t'ai trompé une seule fois. Un type énorme qui m'avait draguée à la sortie du métro. On est allés dans un hôtel place de la République. Il s'est jeté sur moi dans la chambre. Je l'ai laissé faire, parce qu'il était trop lourd et que je ne pouvais plus bouger. Il me crochetait avec sa bite. Je hurlais. Plus je hurlais, plus il croyait que je jouissais.

Tibère n'avait pas raccroché. Son portable contre l'oreille, il entendait deux fois Marjorie.

– Je n'ai jamais été aussi malheureuse de ma vie.

Il s'est senti un instant coupable de n'avoir pas envie de la consoler. Il était déçu qu'elle ne soit pas allée à l'hôtel avec lui.

Il avait raccroché. Il avait jeté le portable loin du lit. Il avait envie de parler au mur, mais il n'aurait pas su quoi lui dire. Elle a pris son souffle avant de se remettre à parler.

– On va faire l'amour une dernière fois.

– Une messe d'enterrement ?

– Ce sera comme une nuit de noces.

Il ne comprenait pas très bien cette façon de terminer par le début, comme s'ils avaient commencé par la fin.

– On va se donner encore une chance, tu comprends ?

– Quelle chance ?

Elle a arraché la couette.

– Tu bandes.

Elle s'est emparée de sa bite, elle tirait dessus en essayant de la détacher pour la lui montrer de plus près.

– Et alors ?

– Tu as envie.

Il n'a pas essayé de lui expliquer que souvent les hommes bandaient sans avoir envie de rien. Il leur arrivait même de simuler comme n'importe quelle femme, et d'enfoncer leur sexe en pensant à l'inflation, aux embouteillages du lendemain, ou à toutes ces chaussettes trouées qui encombraient le tiroir, alors que leur place était depuis longtemps dans la poubelle.

– On dirait qu'elle est moins grosse. Elle a même une petite gueule sympa, comme le soir où on s'est rencontrés.

Ils avaient baisé. Elle avait joui faux, et ses braillements lui avaient cassé les oreilles comme une alarme. Il pensait chemin faisant à développer un nouveau concept de médicament contre la sexualité, dont le premier avatar était l'amour, auquel il fallait ajouter la reproduction, les chagrins, et la nostalgie du désir quand on l'avait perdu en même temps que les dernières paillettes de la jeunesse.

Il s'était retiré d'un coup sec pour éjaculer, et ne pas compliquer d'un avortement leur dépôt de bilan. Il a dérivé de l'autre côté du lit. Il a entendu comme un bruissement, peu à peu couvert par des gémissements. Une jouissance harmonieuse, en rythme, syncopée, qui montait en puissance, et qui s'est achevée dans un hurlement.

Marjorie a poussé un profond soupir. Elle a serré ses bras sur ses seins. Dans sa main droite, elle tenait le gode maintenant éteint, inerte, triste et rose. Elle a tourné la tête dans sa direction. Elle a caressé son torse du bout du jouet. Elle semblait heureuse, elle souriait. Elle a entrouvert les lèvres. Elle lui disait peut-être je t'aime en silence. Il s'est demandé s'il l'aimerait assez pour la partager avec un artefact jusqu'à ce que la vie de l'un d'entre eux s'arrête.

DU MÊME AUTEUR

Seule au milieu d'elle
roman
Denoël, 1985

Les Gouttes
théâtre
Denoël, 1985

Cet extrême amour
roman
Denoël, 1986

Sur un tableau noir
roman
Gallimard, 1993

Stricte intimité
roman
Julliard, 1996
et « Folio », n° 4971

Histoire d'amour
roman
Verticales, 1998
et « Folio », n° 3186

Clémence Picot
roman
Verticales, 1999
et « Folio », n° 3443

Fragments de la vie des gens
nouvelles
Verticales, 2000
et « Folio », n° 3584

Autobiographie

roman
Verticales, 2000
et « Folio », n° 4374

Promenade

roman
Verticales, 2001
et « Folio », n° 3816

Les Jeux de plage

récits
Verticales, 2002

Univers, univers

roman
prix Décembre
Verticales, 2003
et « Folio », n° 4170

L'enfance est un rêve d'enfant

roman
Verticales, 2004
et « Folio », n° 4777

Asiles de fous

roman
prix Femina
Gallimard, 2005
et « Folio », n° 4496

Microfictions

roman
prix France Culture / Télérama
Gallimard, 2007
et « Folio », n° 4719

Lacrimosa

roman
Gallimard, 2008
et « Folio », n° 5148

Ce qu'est l'amour
et autres microfictions
« Folio », n° 4916

Sévère
roman
Seuil, 2010
et « Points », n° P2591

Claustria
roman
Seuil, 2012

RÉALISATION : PAO ÉDITIONS DU SEUIL
IMPRESSION : CPI BRODARD ET TAUPIN À LA FLÈCHE
DÉPÔT LÉGAL : JANVIER 2012. N° 105636. (66530)
IMPRIMÉ EN FRANCE

Éditions Points

Le catalogue complet de nos collections est sur Le Cercle Points, ainsi que des interviews de vos auteurs préférés, des jeux-concours, des conseils de lecture, des extraits en avant-première...

www.lecerclepoints.com

DERNIERS TITRES PARUS

P2220. Une année dans la vie de Tolstoï, *Jay Parini*
P2221. Les Accommodements raisonnables, *Jean-Paul Dubois*
P2222. Les Confessions de Max Tivoli, *Andrew Sean Greer*
P2223. Le pays qui vient de loin, *André Bucher*
P2224. Le Supplice du santal, *Mo Yan*
P2225. La Véranda, *Robert Alexis*
P2226. Je ne sais rien... mais je dirai (presque) tout *Yves Bertrand*
P2227. Un homme très recherché, *John le Carré*
P2228. Le Correspondant étranger, *Alan Furst*
P2229. Brandebourg, *Henry Porter*
P2230. J'ai vécu 1 000 ans, *Mariolina Venezia*
P2231. La Conquistadora, *Eduardo Manet*
P2232. La Sagesse des fous, *Einar Karason*
P2233. Un chasseur de lions, *Olivier Rolin*
P2234. Poésie des troubadours. Anthologie, *Henri Gougaud (dir.)*
P2235. Chacun vient avec son silence. Anthologie *Jean Cayrol*
P2236. Badenheim 1939, *Aharon Appelfeld*
P2237. Le Goût sucré des pommes sauvages, *Wallace Stegner*
P2238. Un mot pour un autre, *Rémi Bertrand*
P2239. Le Bêtisier de la langue française, *Claude Gagnière*
P2240. Esclavage et Colonies, *G. J. Danton et L. P. Dufay, L. Sédar Senghor, C. Taubira*
P2241. Race et Nation, *M. L. King, E. Renan*

P2242. Face à la crise, *B. Obama, F. D. Roosevelt*
P2243. Face à la guerre, *W. Churchill, général de Gaulle*
P2244. La Non-Violence, *Mahatma Gandhi, Dalaï Lama*
P2245. La Peine de mort, *R. Badinter, M. Barrès*
P2246. Avortement et Contraception, *S. Veil, L. Neuwirth*
P2247. Les Casseurs et l'Insécurité
F. Mitterrand et M. Rocard, N. Sarkozy
P2248. La Mère de ma mère, *Vanessa Schneider*
P2249. De la vie dans son art, de l'art dans sa vie
Anny Duperey et Nina Vidrovitch
P2250. Desproges en petits morceaux. Les meilleures citations
Pierre Desproges
P2251. Dexter I, II, III, *Jeff Lindsay*
P2252. God's pocket, *Pete Dexter*
P2253. En effeuillant Baudelaire, *Ken Bruen*
P2254. Meurtres en bleu marine, *C.J. Box*
P2255. Le Dresseur d'insectes, *Arni Thorarinsson*
P2256. La Saison des massacres, *Giancarlo de Cataldo*
P2257. Évitez le divan
Petit guide à l'usage de ceux qui tiennent à leurs symptômes
Philippe Grimbert
P2258. La Chambre de Mariana, *Aharon Appelfeld*
P2259. La Montagne en sucre, *Wallace Stegner*
P2260. Un jour de colère, *Arturo Pérez-Reverte*
P2261. Le Roi transparent, *Rosa Montero*
P2262. Le Syndrome d'Ulysse, *Santiago Gamboa*
P2263. Catholique anonyme, *Thierry Bizot*
P2264. Le Jour et l'Heure, *Guy Bedos*
P2265. Le Parlement des fées
I. L'Orée des bois, *John Crowley*
P2266. Le Parlement des fées
II. L'Art de la mémoire, *John Crowley*
P2267. Best-of Sarko, *Plantu*
P2268. 99 Mots et Expressions à foutre à la poubelle
Jean-Loup Chiflet
P2269. Le Baleinié. Dictionnaire des tracas
Christine Murillo, Jean-Claude Leguay,
Grégoire Œstermann
P2270. Couverture dangereuse, *Philippe Le Roy*

P2271. Quatre Jours avant Noël, *Donald Harstad*
P2272. Petite Bombe noire, *Christopher Brookmyre*
P2273. Journal d'une année noire, *J.M. Coetzee*
P2274. Faites vous-même votre malheur, *Paul Watzlawick*
P2275. Paysans, *Raymond Depardon*
P2276. Homicide special, *Miles Corwin*
P2277. Mort d'un Chinois à La Havane, *Leonardo Padura*
P2278. Le Radeau de pierre, *José Saramago*
P2279. Contre-jour, *Thomas Pynchon*
P2280. Trick Baby, *Iceberg Slim*
P2281. Perdre est une question de méthode, *Santiago Gamboa*
P2282. Le Rocher de Montmartre, *Joanne Harris*
P2283. L'Enfant du Jeudi noir, *Alejandro Jodorowsky*
P2284. Lui, *Patrick Besson*
P2285. Tarabas, *Joseph Roth*
P2286. Le Cycliste de San Cristobal, *Antonio Skármeta*
P2287. Récit des temps perdus, *Aris Fakinos*
P2288. L'Art délicat du deuil
Les nouvelles enquêtes du juge Ti (vol. 7)
Frédéric Lenormand
P2289. Ceux qu'on aime, *Steve Mosby*
P2290. Lemmer, l'invisible, *Deon Meyer*
P2291. Requiem pour une cité de verre, *Donna Leon*
P2292. La Fille du Samouraï, *Dominique Sylvain*
P2293. Le Bal des débris, *Thierry Jonquet*
P2294. Beltenebros, *Antonio Muñoz Molina*
P2295. Le Bison de la nuit, *Guillermo Arriaga*
P2296. Le Livre noir des serial killers, *Stéphane Bourgoin*
P2297. Une tombe accueillante, *Michael Koryta*
P2298. Roldán, ni mort ni vif, *Manuel Vásquez Montalbán*
P2299. Le Petit Frère, *Manuel Vásquez Montalbán*
P2300. Poussière d'os, *Simon Beckett*
P2301. Le Cerveau de Kennedy, *Henning Mankell*
P2302. Jusque-là… tout allait bien !, *Stéphane Guillon*
P2303. Une parfaite journée parfaite, *Martin Page*
P2304. Corps volatils, *Jakuta Alikavazovic*
P2305. De l'art de prendre la balle au bond
Précis de mécanique gestuelle et spirituelle
Denis Grozdanovitch

P2306. Regarde la vague, *François Emmanuel*
P2307. Des vents contraires, *Olivier Adam*
P2308. Le Septième Voile, *Juan Manuel de Prada*
P2309. Mots d'amour secrets.
100 lettres à décoder pour amants polissons
Jacques Perry-Salkow, Frédéric Schmitter
P2310. Carnets d'un vieil amoureux, *Marcel Mathiot*
P2311. L'Enfer de Matignon, *Raphaëlle Bacqué*
P2312. Un État dans l'État. Le contre-pouvoir maçonnique
Sophie Coignard
P2313. Les Femelles, *Joyce Carol Oates*
P2314. Ce que je suis en réalité demeure inconnu, *Virginia Woolf*
P2315. Luz ou le temps sauvage, *Elsa Osorio*
P2316. Le Voyage des grands hommes, *François Vallejo*
P2317. Black Bazar, *Alain Mabanckou*
P2318. Les Crapauds-brousse, *Tierno Monénembo*
P2319. L'Anté-peuple, *Sony Labou Tansi*
P2320. Anthologie de poésie africaine,
Six poètes d'Afrique francophone, *Alain Mabanckou (dir.)*
P2321. La Malédiction du lamantin, *Moussa Konaté*
P2322. Green Zone, *Rajiv Chandrasekaran*
P2323. L'Histoire d'un mariage, *Andrew Sean Greer*
P2324. Gentlemen, *Klas Östergren*
P2325. La Belle aux oranges, *Jostein Gaarder*
P2326. Bienvenue à Egypt Farm, *Rachel Cusk*
P2327. Plage de Manacorra, 16 h 30, *Philippe Jaenada*
P2328. La Vie d'un homme inconnu, *Andreï Makine*
P2329. L'Invité, *Hwang Sok-yong*
P2330. Petit Abécédaire de culture générale
40 mots-clés passés au microscope, *Albert Jacquard*
P2331. La Grande Histoire des codes secrets, *Laurent Joffrin*
P2332. La Fin de la folie, *Jorge Volpi*
P2333. Le Transfuge, *Robert Littell*
P2334. J'ai entendu pleurer la forêt, *Françoise Perriot*
P2335. Nos grand-mères savaient
Petit dictionnaire des plantes qui guérissent, *Jean Palaiseul*
P2336. Journée d'un opritchnik, *Vladimir Sorokine*
P2337. Cette France qu'on oublie d'aimer, *Andreï Makine*
P2338. La Servante insoumise, *Jane Harris*

P2339. Le Vrai Canard, *Karl Laske, Laurent Valdiguié*
P2340. Vie de poète, *Robert Walser*
P2341. Sister Carrie, *Theodore Dreiser*
P2342. Le Fil du rasoir, *William Somerset Maugham*
P2343. Anthologie. Du rouge aux lèvres, *Haïjins japonaises*
P2344. L'aurore en fuite. Poèmes choisis
Marceline Desbordes-Valmore
P2345. « Je souffre trop, je t'aime trop », Passions d'écrivains
sous la direction de Olivier et Patrick Poivre d'Arvor
P2346. « Faut-il brûler ce livre ? », Écrivains en procès
sous la direction de Olivier et Patrick Poivre d'Arvor
P2347. À ciel ouvert, *Nelly Arcan*
P2348. L'Hirondelle avant l'orage, *Robert Littell*
P2349. Fuck America, *Edgar Hilsenrath*
P2350. Départs anticipés, *Christopher Buckley*
P2351. Zelda, *Jacques Tournier*
P2352. Anesthésie locale, *Günter Grass*
P2353. Les filles sont au café, *Geneviève Brisac*
P2354. Comédies en tout genre, *Jonathan Kellerman*
P2355. L'Athlète, *Knut Faldbakken*
P2356. Le Diable de Blind River, *Steve Hamilton*
P2357. Le doute m'habite.
Textes choisis et présentés par Christian Gonon
Pierre Desproges
P2358. La Lampe d'Aladino et autres histoires pour vaincre l'oubli
Luis Sepúlveda
P2359. Julius Winsome, *Gerard Donovan*
P2360. Speed Queen, *Stewart O'Nan*
P2361. Dope, *Sara Gran*
P2362. De ma prison, *Taslima Nasreen*
P2363. Les Ghettos du Gotha. Au cœur de la grande bourgeoisie
Michel Pinçon et Monique Pinçon-Charlot
P2364. Je dépasse mes peurs et mes angoisses
Christophe André et Muzo
P2365. Afrique(s), *Raymond Depardon*
P2366. La Couleur du bonheur, *Wei-Wei*
P2367. La Solitude des nombres premiers, *Paolo Giordano*
P2368. Des histoires pour rien, *Lorrie Moore*
P2369. Déroutes, *Lorrie Moore*

P2370. Le Sang des Dalton, *Ron Hansen*
P2371. La Décimation, *Rick Bass*
P2372. La Rivière des Indiens, *Jeffrey Lent*
P2373. L'Agent indien, *Dan O'Brien*
P2374. Pensez, lisez. 40 livres pour rester intelligent
P2375. Des héros ordinaires, *Eva Joly*
P2376. Le Grand Voyage de la vie.
Un père raconte à son fils
Tiziano Terzani
P2377. Naufrages, *Francisco Coloane*
P2378. Le Remède et le Poison, *Dirk Wittenbork*
P2379. Made in China, *J. M. Erre*
P2380. Joséphine, *Jean Rolin*
P2381. Un mort à l'Hôtel Koryo, *James Church*
P2382. Ciels de foudre, *C.J. Box*
P2383. Robin des bois, prince des voleurs, *Alexandre Dumas*
P2384. Comment parler le belge, *Philippe Genion*
P2385. Le Sottisier de l'école, *Philippe Mignaval*
P2386. « À toi, ma mère », Correspondances intimes
sous la direction de Olivier et Patrick Poivre d'Arvor
P2387. « Entre la mer et le ciel », Rêves et récits de navigateurs
sous la direction de Olivier et Patrick Poivre d'Arvor
P2388. L'Île du lézard vert, *Eduardo Manet*
P2389. « La paix a ses chances », *suivi de* « Nous proclamons la création d'un État juif », *suivi de* « La Palestine est le pays natal du peuple palestinien »
Itzhak Rabin, David Ben Gourion, Yasser Arafat
P2390. « Une révolution des consciences », *suivi de* « Appeler le peuple à la lutte ouverte »
Aung San Suu Kyi, Léon Trotsky
P2391. « Le temps est venu », *suivi de* « Éveillez-vous à la liberté », *Nelson Mandela, Jawaharlal Nehru*
P2392. « Entre ici, Jean Moulin », *suivi de* « Vous ne serez pas morts en vain », *André Malraux, Thomas Mann*
P2393. Bon pour le moral ! 40 livres pour se faire du bien
P2394. Les 40 livres de chevet des stars, The Guide
P2395. 40 livres pour se faire peur, Guide du polar
P2396. Tout est sous contrôle, *Hugh Laurie*
P2397. Le Verdict du plomb, *Michael Connelly*

P2398. Heureux au jeu, *Lawrence Block*
P2399. Corbeau à Hollywood, *Joseph Wambaugh*
P2400. Pêche à la carpe sous Valium, *Graham Parker*
P2401. Je suis très à cheval sur les principes, *David Sedaris*
P2402. Si loin de vous, *Nina Revoyr*
P2403. Les Eaux mortes du Mékong, *Kim Lefèvre*
P2404. Cher amour, *Bernard Giraudeau*
P2405. Les Aventures miraculeuses de Pomponius Flatus *Eduardo Mendoza*
P2406. Un mensonge sur mon père, *John Burnside*
P2407. Hiver arctique, *Arnaldur Indridason*
P2408. Sœurs de sang, *Dominique Sylvain*
P2409. La Route de tous les dangers, *Kriss Nelscott*
P2410. Quand je serai roi, *Enrique Serna*
P2411. Le Livre des secrets. La vie cachée d'Esperanza Gorst *Michael Cox*
P2412. Sans douceur excessive, *Lee Child*
P2413. Notre guerre. Journal de Résistance 1940-1945 *Agnès Humbert*
P2414. Le jour où mon père s'est tu, *Virginie Linhart*
P2415. Le Meilleur de « L'Os à moelle », *Pierre Dac*
P2416. Les Pipoles à la porte, *Didier Porte*
P2417. Trois tasses de thé. La mission de paix d'un Américain au Pakistan et en Afghanistan *Greg Mortenson et David Oliver Relin*
P2418. Un mec sympa, *Laurent Chalumeau*
P2419. Au diable vauvert, *Maryse Wolinski*
P2420. Le Cinquième Évangile, *Michael Faber*
P2421. Chanson sans paroles, *Ann Packer*
P2422. Grand-mère déballe tout, *Irene Dische*
P2423. La Couturière, *Frances de Pontes Peebles*
P2424. Le Scandale de la saison, *Sophie Gee*
P2425. Ursúa, *William Ospina*
P2426. Blonde de nuit, *Thomas Perry*
P2427. La Petite Brocante des mots. Bizarreries, curiosités et autres enchantements du français, *Thierry Leguay*
P2428. Villages, *John Updike*
P2429. Le Directeur de nuit, *John le Carré*
P2430. Petit Bréviaire du braqueur, *Christopher Brookmyre*

P2431. Un jour en mai, *George Pelecanos*
P2432. Les Boucanières, *Edith Wharton*
P2433. Choisir la psychanalyse, *Jean-Pierre Winter*
P2434. À l'ombre de la mort, *Veit Heinichen*
P2435. Ce que savent les morts, *Laura Lippman*
P2436. István arrive par le train du soir, *Anne-Marie Garat*
P2437. Jardin de poèmes enfantins, *Robert Louis Stevenson*
P2438. Netherland, *Joseph O'Neill*
P2439. Le Remplaçant, *Agnès Desarthe*
P2440. Démon, *Thierry Hesse*
P2441. Du côté de Castle Rock, *Alice Munro*
P2442. Rencontres fortuites, *Mavis Gallant*
P2443. Le Chasseur, *Julia Leigh*
P2444. Demi-Sommeil, *Eric Reinhardt*
P2445. Petit déjeuner avec Mick Jagger, *Nathalie Kuperman*
P2446. Pirouettes dans les ténèbres, *François Vallejo*
P2447. Maurice à la poule, *Matthias Zschokke*
P2448. La Montée des eaux, *Thomas B. Reverdy*
P2449. La Vaine Attente, *Nadeem Aslam*
P2450. American Express, *James Salter*
P2451. Le lendemain, elle était souriante, *Simone Signoret*
P2452. Le Roman de la Bretagne, *Gilles Martin-Chauffier*
P2453. Baptiste, *Vincent Borel*
P2454. Crimes d'amour et de haine
Faye et Jonathan Kellerman
P2455. Publicité meurtrière, *Petros Markaris*
P2456. Le Club du crime parfait, *Andrés Trapiello*
P2457. Mort d'un maître de go.
Les nouvelles enquêtes du Juge Ti (vol. 8)
Frédéric Lenormand
P2458. Le Voyage de l'éléphant, *José Saramago*
P2459. L'Arc-en-ciel de la gravité, *Thomas Pynchon*
P2460. La Dure Loi du Karma, *Mo Yan*
P2461. Comme deux gouttes d'eau, *Tana French*
P2462. Triste Flic, *Hugo Hamilton*
P2463. Last exit to Brest, *Claude Bathany*
P2464. Mais le fleuve tuera l'homme blanc, *Patrick Besson*
P2465. Lettre à un ami perdu, *Patrick Besson*
P2466. Les Insomniaques, *Camille de Villeneuve*

P2467. Les Veilleurs, *Vincent Message*
P2468. Bella Ciao, *Eric Holder*
P2469. Monsieur Joos, *Frédéric Dard*
P2470. La Peuchère, *Frédéric Dard*
P2471. La Saga des francs-maçons
Marie-France Etchegoin, Frédéric Lenoir
P2472. Biographie de Alfred de Musset, *Paul de Musset*
P2473. Si j'étais femme. Poèmes choisis
Alfred de Musset
P2474. Le Roman de l'âme slave, *Vladimir Fédorovski*
P2475. La Guerre et la Paix, *Léon Tolstoï*
P2476. Propos sur l'imparfait, *Jacques Drillon*
P2477. Le Sottisier du collège, *Philippe Mignaval*
P2478. Brèves de philo, *Laurence Devillairs*
P2479. La Convocation, *Herta Müller*
P2480. Contes carnivores, *Bernard Quiriny*
P2481. « Je démissionne de la présidence », *suivi de* « Un grand État cesse d'exister » *et de* « Un jour je vous le promets »
Richard Nixon, Mikhaïl Gorbatchev, Charles de Gaulle
P2482. « Africains, levons-nous ! », *suivi de* « Nous préférons la liberté » *et de* « Le devoir de civiliser »
Patrice Lumumba, Sékou Touré, Jules Ferry
P2483. « ¡ No pasarán ! », *suivi de* « Le peuple doit se défendre » *et de* « Ce sang qui coule, c'est le vôtre »
Dolores Ibárruri, Salvador Allende, Victor Hugo
P2484. « Citoyennes, armons-nous ! », *suivi de* « Veuillez être leurs égales » *et de* « Il est temps »
Théroigne de Méricourt, George Sand, Élisabeth Guigou
P2485. Pieds nus sur les limaces, *Fabienne Berthaud*
P2486. Le renard était déjà le chasseur, *Herta Müller*
P2487. La Fille du fossoyeur, *Joyce Carol Oates*
P2488. Vallée de la mort, *Joyce Carol Oates*
P2489. Moi tout craché, *Jay McInerney*
P2490. Toute ma vie, *Jay McInerney*
P2491. Virgin Suicides, *Jeffrey Eugenides*
P2492. Fakirs, *Antonin Varenne*
P2493. Madame la présidente, *Anne Holt*
P2494. Zone de tir libre, *C.J. Box*
P2495. Increvable, *Charlie Huston*

P2496. On m'a demandé de vous calmer
Stéphane Guillon
P2497. Je guéris mes complexes et mes déprimes
Christophe André & Muzo
P2498. Lionel raconte Jospin, *Lionel Jospin*
P2499. La Méprise – L'affaire d'Outreau, *Florence Aubenas*
P2500. Kyoto Limited Express, *Olivier Adam*
avec des photographies de Arnaud Auzouy
P2501. « À la vie, à la mort », Amitiés célèbres
dirigé par Patrick et Olivier Poivre d'Arvor
P2502. « Mon cher éditeur », Écrivains et éditeurs
dirigé par Patrick et Olivier Poivre d'Arvor
P2503. 99 clichés à foutre à la poubelle, *Jean-Loup Chiflet*
P2504. Des Papous dans la tête – Les Décraqués – L'anthologie
P2505. L'Étoile du matin, *André Schwarz-Bart*
P2506. Au pays des vermeilles, *Noëlle Châtelet*
P2507. Villa des hommes, *Denis Guedj*
P2508. À voix basse, *Charles Aznavour*
P2509. Un aller pour Alger, *Raymond Depardon*
avec un texte de Louis Gardel
P2510. Beyrouth centre-ville, *Raymond Depardon*
avec un texte de Claudine Nougaret
P2511. Et la fureur ne s'est pas encore tue
Aharon Appelfeld
P2512. Les Nouvelles Brèves de comptoir, tome 1
Jean-Marie Gourio
P2513. Six heures plus tard, *Donald Harstad*
P2514. Mama Black Widow, *Iceberg Slim*
P2515. Un amour fraternel, *Pete Dexter*
P2516. À couper au couteau, *Kriss Nelscott*
P2517. Glu, *Irvine Welsh*
P2518. No Smoking, *Will Self*
P2519. Les Vies privées de Pippa Lee, *Rebecca Miller*
P2520. Nord et Sud, *Elizabeth Gaskell*
P2521. Une mélancolie arabe, *Abdellah Taïa*
P2522. 200 dessins sur la France et les Français, *The New Yorker*
P2523. Les Visages, *Jesse Kellerman*
P2524. Dexter dans de beaux draps, *Jeff Lindsay*
P2525. Le Cantique des innocents, *Donna Leon*

P2526. Manta Corridor, *Dominique Sylvain*
P2527. Les Sœurs, *Robert Littell*
P2528. Profileuse – Une femme sur la trace des serial killers, *Stéphane Bourgoin*
P2529. Venise sur les traces de Brunetti – 12 promenades au fil des romans de Donna Leon, *Toni Sepeda*
P2530. Les Brumes du passé, *Leonardo Padura*
P2531. Les Mers du Sud, *Manuel Vázquez Montalbán*
P2532. Funestes carambolages, *Håkan Nesser*
P2533. La Faute à pas de chance, *Lee Child*
P2534. Padana City, *Massimo Carlotto, Marco Videtta*
P2535. Mexico, quartier Sud, *Guillermo Arriaga*
P2536. Petits Crimes italiens *Ammaniti, Camilleri, Carlotto, Dazieri, De Cataldo, De Silva, Faletti, Fois, Lucarelli, Manzini*
P2537. La guerre des banlieues n'aura pas lieu, *Abd Al Malik*
P2538. Paris insolite, *Jean-Paul Clébert*
P2539. Les Ames sœurs, *Valérie Zenatti*
P2540. La Disparition de Paris et sa renaissance en Afrique *Martin Page*
P2541. Crimes horticoles, *Mélanie Vincelette*
P2542. Livre de chroniques IV, *António Lobo Antunes*
P2543. Mon témoignage devant le monde, *Jan Karski*
P2544. Laitier de nuit, *Andreï Kourkov*
P2545. L'Évasion, *Adam Thirlwell*
P2546. Forteresse de solitude, *Jonathan Lethem*
P2547. Totenauberg, *Elfriede Jelinek*
P2548. Méfions-nous de la nature sauvage, *Elfriede Jelinek*
P2549. 1974, *Patrick Besson*
P2550. Conte du chat maître zen *(illustrations de Christian Roux), Henri Brunel*
P2551. Les Plus Belles Chansons, *Charles Trenet*
P2552. Un monde d'amour, *Elizabeth Bowen*
P2553. Sylvia, *Leonard Michaels*
P2554. Conteurs, menteurs, *Leonard Michaels*
P2555. Beaufort, *Ron Leshem*
P2556. Un mort à Starvation Lake, *Bryan Gruley*
P2557. Cotton Point, *Pete Dexter*
P2558. Viens plus près, *Sara Gran*

P2559. Les Chaussures italiennes, *Henning Mankell*
P2560. Le Château des Pyrénées, *Jostein Gaarder*
P2561. Gangsters, *Klas Östergren*
P2562. Les Enfants de la dernière chance, *Peter Høeg*
P2563. Faims d'enfance, *Axel Gauvin*
P2564. Mémoires d'un antisémite, *Gregor von Rezzori*
P2565. L'Astragale, *Albertine Sarrazin*
P2566. L'Art de péter, *Pierre-Thomas-Nicolas Hurtaut*
P2567. Les Miscellanées du rock
Jean-Éric Perrin, Jérôme Rey, Gilles Verlant
P2568. Les Amants papillons, *Alison Wong*
P2569. Dix mille guitares, *Catherine Clément*
P2570. Les Variations Bradshaw, *Rachel Cusk*
P2571. Bakou, derniers jours, *Olivier Rolin*
P2572. Bouche bée, tout ouïe… ou comment tomber amoureux des langues, *Alex Taylor*
P2573. La grammaire, c'est pas de la tarte !
Olivier Houdart, Sylvie Prioul
P2574. La Bande à Gabin, *Philippe Durant*
P2575. « Le vote ou le fusil », *suivi de* « Nous formons un seul et même pays », *Malcolm X, John Fitzgerald Kennedy*
P2576. « Vive la Commune ! », *suivi de* « La Commune est proclamée » et de « La guerre civile en France »
Louise Michel, Jules Vallès, Karl Marx
P2577. « Je vous ai compris ! », *suivi de* « L'Algérie n'est pas la France » et de « Le droit à l'insoumission »
Charles de Gaulle, Gouvernement provisoire algérien, Manifeste des 121
P2578. « Une Europe pour la paix », *suivi de* « Nous disons NON » et de « Une communauté passionnée »
Robert Schuman, Jacques Chirac, Stefan Zweig
P2579. 13 heures, *Deon Meyer*
P2580. Angle obscur, *Reed Farrel Coleman*
P2581. Le Tailleur gris, *Andrea Camilleri*
P2582. La Vie sexuelle d'un Américain sans reproche
Jed Mercurio
P2583. Une histoire familiale de la peur, *Agata Tuszyńska*
P2584. Le Blues des Grands Lacs, *Joseph Coulson*
P2585. Le Tueur intime, *Claire Favan*

P2586. Comme personne, *Hugo Hamilton*
P2587. Fille noire, fille blanche, *Joyce Carol Oates*
P2588. Les Nouvelles Brèves de comptoir, tome 2
Jean-Marie Gourio
P2589. Dix petits démons chinois, *Frédéric Lenormand*
P2590. L'ombre de ce que nous avons été, *Luis Sepúlveda*
P2591. Sévère, *Régis Jauffret*
P2592. La Joyeuse Complainte de l'idiot, *Michel Layaz*
P2593. Origine, *Diana Abu-Jaber*
P2594. La Face B, *Akhenaton*
P2595. Paquebot, *Hervé Hamon*
P2596. L'Agfa Box, *Günter Grass*
P2597. La Ville insoumise, *Jon Fasman*
P2598. Je résiste aux personnalités toxiques
(et autres casse-pieds), *Christophe André & Muzo*
P2599. Le soleil me trace la route. Conversations avec Tiffy
Morgue et Jean-Yves Gaillac, *Sandrine Bonnaire*
P2600. Mort de Bunny Munro, *Nick Cave*
P2601. La Reine et moi, *Sue Townsend*
P2602. Orages ordinaires, *William Boyd*
P2603. Guide farfelu mais nécessaire de conversation anglaise
Jean-Loup Chiflet
P2604. Nuit et Jour, *Virginia Woolf*
P2605. Trois hommes dans un bateau (sans oublier le chien !)
Jerome K. Jerome
P2606. Ode au vent d'Ouest. Adonaïs et autres poèmes
Percy Bysshe Shelley
P2607. Les Courants fourbes du lac Tai, *Qiu Xiaolong*
P2608. Le Poisson mouillé, *Volker Kutscher*
P2609. Faux et usage de faux, *Elvin Post*
P2610. L'Angoisse de la première phrase, *Bernard Quiriny*
P2611. Absolument dé-bor-dée !, *Zoe Shepard*
P2612. Meurtre et Obsession, *Jonathan Kellerman*
P2613. Sahara, *Luis Leante*
P2614. La Passerelle, *Lorrie Moore*
P2615. Le Territoire des barbares, *Rosa Montero*
P2616. Petits Meurtres entre camarades. Enquête secrète au cœur
du PS, *David Revault d'Allonnes*
P2617. Une année avec mon père, *Geneviève Brisac*

P2618. La Traversée des fleuves. Autobiographie
Georges-Arthur Goldschmidt
P2619. L'Histoire très ordinaire de Rachel Dupree
Ann Weisgarber
P2620. À la queue leu leu. Origines d'une ribambelle d'expressions populaires, *Gilles Guilleron*
P2621. Poèmes anglais, *Fernando Pessoa*
P2622. Danse avec le siècle, *Stéphane Hessel*
P2623. L'Épouvantail, *Michael Connelly*
P2624. London Boulevard, *Ken Bruen*
P2625. Pourquoi moi ?, *Omar Raddad*
P2626. Mes étoiles noires, *Lilian Thuram*
P2627. La Ronde des innocents, *Valentin Musso*
P2628. Ô ma mémoire. La poésie, ma nécessité, *Stéphane Hessel*
P2629. Une vie à brûler, *James Salter*
P2630. Léger, humain, pardonnable, *Martin Provost*
P2631. Lune captive dans un œil mort, *Pascal Garnier*
P2632. Hypothermie, *Arnaldur Indridason*
P2633. La Nuit de Tomahawk, *Michael Koryta*
P2634. Les Raisons du doute, *Gianrico Carofiglio*
P2635. Les Hommes-couleurs, *Cloé Korman*
P2636. Le Cuisinier, *Martin Suter*
P2637. N'exagérons rien !, *David Sedaris*
P2638. Château-l'Arnaque, *Peter Mayle*
P2639. Le Roman de Bergen. 1900 L'aube, tome I
Gunnar Staalesen
P2640. Aurora, Kentucky, *Carolyn D. Wall*
P2641. Blanc sur noir, *Kriss Nelscott*
P2642. Via Vaticana, *Igal Shamir*
P2643. Le Ruban rouge, *Carmen Posadas*
P2644. My First Sony, *Benny Barbash*
P2645. « On m'a demandé de vous virer », *Stéphane Guillon*
P2646. Les Rillettes de Proust. Ou 50 conseils pour devenir écrivain, *Thierry Maugenest*
P2647. 200 expressions inventées en famille, *Cookie Allez*
P2648. Au plaisir des mots, *Claude Duneton*
P2649. La Lune et moi. Les meilleures chroniques, Haïkus d'aujourd'hui
P2650. Le marchand de sable va passer, *Andrew Pyper*

P2651. Lutte et aime, là où tu es !, *Guy Gilbert*
P2652. Le Sari rose, *Javier Moro*
P2653. Le Roman de Bergen. 1900 L'aube, tome II
Gunnar Staalesen
P2654. Jaune de Naples, *Jean-Paul Desprat*
P2655. Mère Russie, *Robert Littell*
P2656. Qui a tué Arlozoroff ?, *Tobie Nathan*
P2657. Les Enfants de Las Vegas, *Charles Bock*
P2658. Le Prédateur, *C.J. Box*
P2659. Keller en cavale, *Lawrence Block*
P2660. Les Murmures des morts, *Simon Beckett*
P2661. Les Veuves d'Eastwick, *John Updike*
P2662. L'Incertain, *Virginie Ollagnier*
P2663. La Banque. Comment Goldman Sachs dirige le monde
Marc Roche
P2664. La Plus Belle Histoire de la liberté, *collectif*
P2665. Le Cœur régulier, *Olivier Adam*
P2666. Le Jour du Roi, *Abdellah Taïa*
P2667. L'Été de la vie, *J.M. Coetzee*
P2668. Tâche de ne pas devenir folle, *Vanessa Schneider*
P2669. Le Cerveau de mon père, *Jonathan Franzen*
P2670. Le Chantier, *Mo Yan*
P2671. La Fille de son père, *Anne Berest*
P2672. Au pays des hommes, *Hisham Matar*
P2673. Le Livre de Dave, *Will Self*
P2674. Le Testament d'Olympe, *Chantal Thomas*
P2675. Antoine et Isabelle, *Vincent Borel*
P2676. Le Crépuscule des superhéros, *Deborah Eisenberg*
P2677. Le Mercredi des Cendres, *Percy Kemp*
P2678. Journal. 1955-1962, *Mouloud Feraoun*
P2679. Le Quai de Ouistreham, *Florence Aubenas*
P2680. Hiver, *Mons Kallentoft*
P2681. Habillé pour tuer, *Jonathan Kellerman*
P2682. Un festin de hyènes, *Michael Stanley*
P2683. Vice caché, *Thomas Pynchon*
P2684. Traverses, *Jean Rolin*
P2685. Le Baiser de la pieuvre, *Patrick Grainville*
P2686. Dans la nuit brune, *Agnès Desarthe*
P2687. Une soirée au Caire, *Robert Solé*

P2688. Les Oreilles du loup, *Antonio Ungar*
P2689. L'Homme de compagnie, *Jonathan Ames*
P2690. Le Dico de la contrepèterie.
Des milliers de contrepèteries pour s'entraîner et s'amuser
Joël Martin
P2691. L'Art du mot juste.
275 propositions pour enrichir son vocabulaire
Valérie Mandera
P2692. Guide de survie d'un juge en Chine
Frédéric Lenormand
P2693. Doublez votre mémoire. Journal graphique
Philippe Katerine
P2694. Comme un oiseau dans la tête.
Poèmes choisis, *René Guy Cadou*
P2696. La Dernière Frontière, *Philip Le Roy*
P2697. Country blues, *Claude Bathany*
P2698. Le Vrai Monde, *Natsuo Kirino*
P2699. L'Art et la manière d'aborder son chef de service pour lui demander une augmentation, *Georges Perec*
P2700. Dessins refusés par le *New Yorker*, *Matthew Diffee*
P2701. Life, *Keith Richards*
P2702. John Lennon, une vie, *Philip Norman*
P2703. Le Dernier Paradis de Manolo, *Alan Warner*
P2704. L'Or du Maniéma, *Jean Ziegler*
P2705. Le Cosmonaute, *Philippe Jaenada*
P2706. Donne-moi tes yeux, *Torsten Pettersson*
P2707. Premiers Romans, *Katherine Pancol*
P2708. Off. Ce que Nicolas Sarkozy n'aurait jamais dû nous dire
Nicolas Domenach, Maurice Szafran
P2709. Le Meurtrier de l'Avent, *Thomas Kastura*
P2710. Le Club, *Leonard Michaels*
P2711. Le Vérificateur, *Donald Antrim*
P2712. Mon patient Sigmund Freud, *Tobie Nathan*
P2713. Trois explications du monde, *Tom Keve*
P2714. Petite sœur, mon amour, *Joyce Carol Oates*
P2715. Shim Chong, fille vendue, *Hwang Sok Yong*
P2716. La Princesse effacée, *Alexandra de Broca*
P2717. Un nommé Peter Karras, *George P. Pelecanos*
P2718. Haine, *Anne Holt*

P2719. Les jours s'en vont comme des chevaux sauvages dans les collines, *Charles Bukowski*
P2720. Ma grand-mère avait les mêmes.
Les dessous affriolants des petites phrases
Philippe Delerm
P2721. Mots en toc et formules en tic. Petites maladies du parler d'aujourd'hui, *Frédéric Pommier*
P2722. Les 100 plus belles récitations de notre enfance
P2723. Chansons. L'Intégrale, *Charles Aznavour*
P2724. Vie et opinions de Maf le chien et de son amie Marilyn Monroe, *Andrew O'Hagan*
P2725. Sois près de moi, *Andrew O'Hagan*
P2726. Le Septième Fils, *Arni Thorarinsson*
P2727. La Bête de miséricorde, *Fredric Brown*
P2728. Le Cul des anges, *Benjamin Legrand*
P2729. Cent seize Chinois et quelque, *Thomas Heams-Ogus*
P2730. Conversations avec moi-même.
Lettres de prison, notes et carnets intimes
Nelson Mandela
P2731. L'Inspecteur Ali et la CIA, *Driss Chraïbi*
P2732. Ce délicieux Dexter, *Jeff Lindsay*
P2733. Cinq femmes et demie, *Francisco González Ledesma*
P2734. Ils sont devenus français, *Doan Bui, Isabelle Monnin*
P2735. D'une Allemagne à l'autre. Journal de l'année 1990
Günter Grass
P2736. Le Château, *Franz Kafka*
P2737. La Jeunesse mélancolique et très désabusée d'Adolf Hitler
Michel Folco
P2738. L'Enfant des livres, *François Foll*
P2739. Karitas, l'esquisse d'un rêve, *Kristín Marja Baldursdóttir*
P2740. Un espion d'hier et de demain, *Robert Littell*
P2741. L'Homme inquiet, *Henning Mankell*
P2742. La Petite Fille de ses rêves, *Donna Leon*
P2743. La Théorie du panda, *Pascal Garnier*
P2744. La Nuit sauvage, *Terri Jentz*
P2745. Les Lieux infidèles, *Tana French*
P2746. Vampires, *Thierry Jonquet*
P2747. Eva Moreno, *Håkan Nesser*
P2748. La 7e victime, *Alexandra Marinina*

P2749. Mauvais fils, *George P. Pelecanos*
P2750. L'espoir fait vivre, *Lee Child*
P2751. La Femme congelée, *Jon Michelet*
P2752. Mortelles voyelles, *Gilles Schlesser*
P2753. Brunetti passe à table. Recettes et récits
Roberta Pianaro et Donna Leon
P2754. Les Leçons du Mal, *Thomas Cook*
P2755. Joseph sous la pluie. Roman, poèmes, dessins, *Mano Solo*
P2757. Ouvrière, *Franck Magloire*
P2758. Moi aussi un jour, j'irai loin, *Dominique Fabre*
P2759. Cartographie des nuages, *David Mitchell*
P2760. Papa et maman sont morts, *Gilles Paris*
P2761. Caravansérail, *Charif Majdalani*
P2762. Les Confessions de Constanze Mozart
Isabelle Duquesnoy
P2763. Esther Mésopotamie, *Catherine Lépront*
P2764. L'École des absents, *Patrick Besson*
P2765. Le Livre des brèves amours éternelles, *Andreï Makine*
P2766. Un long silence, *Mikal Gilmore*
P2767. Les Jardins de Kensington, *Rodrigo Fresán*
P2768. Samba pour la France, *Delphine Coulin*
P2769. Danbé, *Aya Cissoko et Marie Desplechin*
P2770. Wiera Gran, l'accusée, *Agata Tuszyńska*
P2771. Qui a tué l'écologie ?, *Fabrice Nicolino*
P2772. Rosa Candida, *Audur Ava Olafsdóttir*
P2773. Otage, *Elie Wiesel*
P2774. Absurdistan, *Gary Shteyngart*
P2775. La Geste des Sanada, *Yasushi Inoué*
P2776. En censurant un roman d'amour iranien
Shahriar Mandanipour
P2777. Un café sur la Lune, *Jean-Marie Gourio*
P2778. Caïn, *José Saramago*
P2779. Le Triomphe du singe araignée, *Joyce Carol Oates*
P2780. Faut-il manger les animaux ?, *Jonathan Safran Foer*
P2781. Les Enfants du nouveau monde, *Assia Djebar*
P2782. L'Opium et le Bâton, *Mouloud Mammeri*
P2783. Cahiers de poèmes, *Emily Brontë*
P2784. La Rage au cœur. Anthologie de poésie algérienne
P2785. Tibère et Marjorie, *Régis Jauffret*